AF280575

Uwe Goeritz

Mit Sicherheit Liebe

Bibliografische Information der Deutschen Nationalbibliothek:

Die Deutsche Nationalbibliothek verzeichnet diese Publikation in der Deutschen Nationalbibliografie; detaillierte bibliografische Daten sind im Internet über http://dnb.dnb.de abrufbar.

© 2024 Uwe Goeritz

Coverbilder: von Olga Mesina und Jordy Meow auf Pixabay

Covergestaltung: Uwe Goeritz

Herstellung und Verlag: BoD – Books on Demand, Norderstedt

ISBN: 978-3-7583-0113-1

Inhaltsverzeichnis

Diese Erzählung sollte Jugendlichen nicht zugänglich gemacht werden.

Ausnahmslos alle Beteiligten dieser Geschichte sind erwachsen und über 21 Jahre alt.

Sämtliche Orte, Figuren, Firmen und Ereignisse dieser Erzählung sind frei erfunden. Jede Ähnlichkeit mit echten Personen, ob lebend oder tot, ist rein zufällig und vom Autor nicht beabsichtigt.

1. Kapitel

Eine schwere Entscheidung

Für einen Tag in der letzten Aprilwoche war es ein sehr gutes Wetter. Eine paar Tage zuvor hatte es noch mal kurz geschneit und an diesem Tag würde das Thermometer laut Wetterbericht auf beachtliche 24 °C ansteigen. Die Stimmung in dem Städtchen hob sich mit der ungewohnten Wärme deutlich an und überall waren nur noch lachende Gesichter zu sehen.

Die ersten wagten sich schon ohne Jacke aus dem Hause und auch die Röcke der jungen Frauen wurden in dem Maße kürzer, wie die Quecksilbersäule stieg.

Mathias schlenderte in sein Büro und beobachtete all die Menschen, die seinen Weg kreuzten. Die wenigsten davon kannten ihn vermutlich, aber er würde das demnächst hoffentlich ändern, denn die Wahl zum Bürgermeister stand an und seine Partei hatte ihn dafür auf die Wahlliste gesetzt.

Seit vielen Jahren war er bereits in der Kommunalpolitik tätig und führte das Baudezernat der Stadt. Das war bei einer Einwohnerzahl von etwa einer halben Million ein ziemlich anspruchsvoller Job, den er gewissenhaft ausführte.

Vielleicht hatte seine Partei auch daher beschlossen, ihm das Vertrauen auszusprechen und ihn für dieses neue Betätigungsfeld zu nominieren.

Jedenfalls lagen die ersten Wahlkampfreden bereits hinter ihm und es schien so, als ob er mit seinen Vorschlägen sogar einen Nerv bei den Bürgern getroffen hatte.

Sozialer Wohnungsbau, mehr Grünflächen und sichere Fahrradwege waren das, was er sich auf die Fahnen schreiben wollte.

Er wollte etwas bewirken in dieser aufstrebenden Stadt in der Mitte Deutschlands. Und da kam es ihm jetzt so vor, als ob sich der Himmel mit ihm freute.

Pfeifend betrat er das Gebäude, grüßte die Reinigungsfrau mit einem Handschlag, wie er es aber auch zuvor schon jeden Tag gemacht hatte.

„Was für ein herrlicher Tag, Frau Müller. Oder?", fragte er und die Frau strahlte ihn an.

Der Lift brachte ihn nach oben und er betrat sein Büro. Seine Sekretärin war schon da gewesen und hatte ihm wie gewohnt den Kaffee bereits bereitgestellt.

Vermutlich war sie jetzt gerade in der Poststelle, um die tägliche Korrespondenz zu organisieren.

Irgendwie würde er das wohl alles hinter sich lassen müssen, wenn er in der Hierarchie der Stadt aufstieg. Zumindest das Büro, seine Sekretärin würde ihn vermutlich zu der neuen Aufgabe begleiten. Sie kannten sich schon fast zwanzig Jahre und da wurde man auch unter Kollegen fast familiär.

Kurz vor acht Uhr kam sie dann trällernd mit einem Berg von Briefen durch die Tür.

„Hallo Mathias, du bist ja schon da“, sagte sie von draußen.

„Ja, Sieglinde, wie jeden Tag“, entgegnete er lächelnd.

„Ich dachte, du gönnst dir heute mal etwas Ruhe, nach den drei Abenden, an denen du jetzt bis tief in die Nacht noch auf deinen Veranstaltungen warst“, bemerkte sie noch.

Er winkte einfach lachend ab und begann seinen Tag mit dem Lesen des Interviews, das er ein paar Tage zuvor der Presse gegeben hatte.

Es war ein eher kritisches Magazin und daher interessierte ihn besonders, was die Journalistin dort über ihn geschrieben hatte.

Doch der Artikel war erfreulicherweise überaus positiv.

Selbst seine Kritiker hatte er wohl bereits von seinen Ideen begeistern können und das ließ doch auf ein gutes Wahlergebnis hoffen!

Kaum hatte er die Zeitung zusammengefaltet, da klingelte sein Handy. Es war eine unterdrückte Rufnummer. Wer kannte den seine Mobilnummer? Er hob ab und hörte jemanden mit verzerrter Stimme sagen: „Deine Anschauungen gefallen uns gar nicht. Lass das sein, oder deinem Sohn wird etwas geschehen!"

Benjamin war ja gerade mal vier Jahre alt und ging in den Kindergarten. Wer konnte das denn sein, der solch eine feige Drohung anonym übermittelte?

Das waren wohl die Schattenseiten dessen, was er beabsichtigte, aber davon wollte er sich nicht abschrecken lassen.

Genervt legte er das Handy zur Seite, als es piepste. Eine Nachricht war eingegangen.

Neugierig betrachtete er ein Video, das ihm der anonyme Anrufer zugesandt hatte. Darauf sah er, wie Chris, sein Sohn aus seiner ersten Ehe, auf einem Weg entlang ging und dann von einem Gegenstand getroffen wurde, der von oben von einem Gerüst fiel.

Es war also keine leere Drohung!

Das musste er ernst nehmen.

Sofort griff er zum Telefon und wollte die Nummer der Polizei wählen, als er begriff, dass er mit diesem Anruf wohl auch seine Kandidatur vergessen konnte.

Oder auch nicht?

Zumindest würde das in der Öffentlichkeit einen ziemlichen Wirbel machen.

Was konnte er tun? Wenn er die Polizei einschaltete, das war eventuell seine Kandidatur bereits am Beginn des Wahlkampfes zum Scheitern verurteilt, aber wenn er nichts tat, dann konnte seinem Sohn auch weiterhin noch etwas geschehen.

Das Video zeigte eindeutig, dass diese Verbrecher vor nichts zurückschreckten.

Jetzt musste er unbedingt ermitteln, was Chris geschehen war, aber zuvor brauchte er Hilfe.

Wer konnte ihm unauffällig helfen?

Ein Privatdetektiv möglicherweise, oder gab es noch eine bessere Lösung?

Sein Blick fiel durch die offene Tür auf den Kalender, der über dem Schreibtisch seiner Sekretärin hing. Ein Tempel in Kyoto war darauf abgebildet.

Schnell wählte er die Nummer seines Freundes Ryusei Miatoku und beauftragte ihn damit, für den Schutz seines Sohnes zu sorgen.

Dann eilte er aus dem Zimmer.

2. Kapitel

Eine neue Zeit?

Der Wind säuselte leise in den Zweigen der Schwarzkiefer und der Wasserfall rauschte. Nele saß auf einem Stein, hatte die Augen geschlossen und spürte die warmen Strahlen der Sonne auf ihrem Gesicht. Sie war wie immer hier nach oben ins Gebirge aufgestiegen, weil sie überlegen und darüber meditieren wollte, was ihr weiterer Weg sein würde.

Nur die Geräusche der Natur waren um sie herum. Vögel begrüßten die ersten Knospen an den Bäumen und Sträuchern und es war so friedlich hier.

Sonst konnte sie an diesem abgeschiedenen Ort immer ganz schnell zur Ruhe kommen, doch heute gelang ihr das einfach nicht.

Immer wieder sausten ihre Gedanken davon und zogen Kreise um ihren Kopf. Der Onkel hatte ihr zwar bereits vor Jahren beigebracht, wie man selbst im hektischsten Trubel zur Ruhe kommen konnte, doch heute gelang ihr das noch nicht einmal an ihrem stillen Lieblingsplatz.

Seufzend schlug sie die Augen auf und erblickte vor sich die beidem großen Schwarzkiefern. Wie mit Absicht standen sie dort und rahmten den kleinen Tempel ein, der unter ihr im Tal stand. Vermutlich hatten vor ewigen Zeiten Mönche diese beiden Bäume in dieser Art aufgestellt.

Nele war jetzt 24 Jahre alt und die Hälfte ihres Lebens war sie an diesem Platz gewesen. Dort unten lag das kleine Dorf mit dem Tempel, dem Shinto Schrein, ein paar Dutzend Häusern und der Schule ihres Onkels.

Sie war eine ausgebildete Kunoichi und am Tage zuvor hatte der Onkel ihr den Meistergrad verliehen.

Vielleicht kamen ihre Grübeleien auch daher, dass sie bis jetzt immer auf dieses Ziel hingearbeitet hatte. Jetzt war sie an diesem Punkt angelangt und was kam jetzt?

Sollte sie wirklich hier bleiben und an der Schule des Onkels lehren?

Oder neue und eigene Wege beschreiten?

Diese Frage war der Zweck ihres Aufstieges zu diesem Wasserfall gewesen!

Sie erhob sich von ihrem Stein und trat zu einer der beiden Kiefern. Ihr Blick schweifte über das so vertraute Bergdorf. Hier kannte sie jeden Stein, aber es wurde wohl Zeit für etwas Neues.

Nur was?

In den letzten zwölf Jahren war sie in allem möglichen ausgebildet worden. Das war auch notwendig, wenn man als Spion unerkannt irgendwo untertauchen musste.

Ihre umfangreiche Bildung sorgte dafür, dass sie weder auf einem Kongress von Hirnchirurgen, noch unter Bauern oder unter Näherinnen auffallen würde.

Wie ein Chamäleon konnte sie in Bruchteilen eines Augenblickes in jede nur erdenkliche Rolle schlüpfen, doch wenn man viel wusste, so hatte man eben auch alle Wege offen vor sich liegen. Das machte die Sache nicht leichter.

Eigentlich war doch die erste Frage, ob sie hier bleiben oder gehen sollte, alles andere kam doch dann von selbst.

Nachdenklich blickte sie zur Schule hinab, deren Holzdach sie gerade noch so erkennen konnte. Damals, als sie hierhergekommen war, da war sie traumatisiert, konnte kein einziges Wort Japanisch und war ein kleines, verstörtes Mädchen. Die anderen Schüler der Schule hatte sie drangsaliert und immer wieder vorgeführt, aber all das hatte sie nur noch stärker gemacht.

Jetzt war sie erwachsen, beherrschte sieben Sprachen und konnte jeden anderen Mann besiegen.

Nur wenige Frauen waren zu Meistern der Ninjas geworden, wobei der Onkel noch die alte Kunst lehrte und nicht das neumodische Zeugs, was die Filme so darstellten. Das hatte so gar nichts mit dem zu tun, was sie gelernt hatte.

Ihr Blick ruhte jetzt auf dem Schrein im Dorf. Sollte sie dort nach einer Antwort suchen? Auch da unten waren einige Schwarzkiefern zu sehen und an einer davon hatte ihre Tante mit ihr zusammen vor ihrem ersten Weihnachtsfest hier Lichter und bunte Kugeln aufgehängt. Es hatte wohl ziemliches Kopfschütteln ausgelöst, dass hier in den Bergen Japans ein Weihnachtsbaum vor einem Shinto Schrein gestanden hatte, aber alle hatten es geduldet.

Wohl auch ihr zuliebe.

Seitdem war es hier Tradition geworden und jedes Jahr war ein weiterer Baum geschmückt worden, bis beim letzten Weihnachtsfest alle Bäume vor dem Eingang des Schreins geschmückt gewesen waren.

Die Natur wurde ja hier sowieso verehrt und der Schmuck der Bäume war einfach in diesem Sinne umgedeutet worden.

Das Geräusch des Wasserfalles holte sie jetzt aus ihren Grübeleien heraus. Sie drehte sich zu ihm um und blickte über die gekräuselte Wasserfläche, die er schuf. Ein kleiner Gebirgsbach zweigte von ihm ab und floss über viele Steine hinab ins Tal.

Alles war hier so malerisch, dass man denken konnte, dass jemand vor undenklichen Zeiten alles in dieser Form angeordnet hatte. Der kleine Garten unten vor dem Tempel bildete das alles nach.

Vielleicht konnte das klare Wasser dieser Quelle auch ihren Geist von allen unnützen Dingen befreien?

Den Versuch war es wohl wert.

Nele trat an das Ufer des Weihers, streifte den blauen Anzug ab und sprang nackt in das Wasser.

Es war Ende April und der Schnee war erst vor drei Wochen getaut. Demzufolge war das Gewässer eiskalt, aber das war es hier oben eigentlich immer.

Vor Jahren war sie mit dem Onkel sogar kurz vor Weihnachten mal hier geschwommen!

Mit ruhigen Armzügen glitt sie durch das Becken und stellte sich unter den Wasserfall. Ein paar Mal hatte sie bereits hier meditiert, aber heute wurden ihre Gedanken dennoch nicht geklärt.

Was kam jetzt?

Die ersten zwölf Jahre hatte sie in Deutschland mit ihren Eltern gelebt, bis diese bei einem Autounfall ums Leben gekommen waren.

Die nächsten zwölf Jahre bei der Schwester ihrer Mutter, die hier als Lehrerin für Deutsch, Geschichte und Musik lebte und eben mit einem Japaner verheiratet war.

Eigentlich war das gegen die Tradition gewesen, aber ihr Onkel hatte sich durchgesetzt. Und noch immer wusste Nele nicht, was sie von jetzt an tun sollte!

Eventuell war der Schrein wohl doch ein besserer Platz für ihre Frage.

Sie schwamm zurück, trocknete sich ab, zog sich an und lief zum Dorf hinab.

Dort trat sie vor den Eingang, verbeugte sich vor Agyō und fragte den steinernen Torwächter:

„Du, der du das Leben erschaffst, bitte sage mir: Was soll ich tun?"

„Nele, hier steckst du", hörte sie eine Stimme hinter sich.

Sie wandte sich um und erkannte ihren Onkel.

„Miatoku San", begrüßte sie ihn und verbeugte sich vor ihm.

„Ich habe einen Auftrag für dich", sagte der Onkel und sie gingen zusammen zu seinem Haus zurück.

3. Kapitel

Nur eine Pechsträhne?

Ein nervig piepsendes Geräusch holte ihn aus dem Schlaf. Das war doch nie im Leben sein Wecker! Und sein Kopf dröhnte, als hätte er eine ganze Nacht lang durchgezockt! Er schlug die Augen auf und das Bild wurde nur langsam schärfer. Der monoton piepende Klang erfolgte im Takt seines Pulses.

„Da sind sie ja wieder", sagte eine männliche Stimme und leuchtete ihm mit einer kleinen Lampe in die Augen.

„Wo bin ich?", fragte er und seine eigene Stimme klang seltsam brüchig.

„Sie sind in der Uniklinik. Sie hatten einen kleinen Unfall", erklärte der Mann vor ihm, der mit seinem blauen Anzug eher wie ein Monteur aussah, als wie ein Arzt.

„Was ist geschehen?", erkundigte er sich bei dem Arzt.

„Sie hatten einen unliebsamen Zusammenstoß mit einer Mülltonne!"

„Ich kann mich an nichts erinnern", entgegnete er und versuchte, das aufzufrischen, was als letztes geschehen war.

Er war doch einfach nur eine Straße entlang gegangen, dann war da so ein metallenes Gestell, das er umgangen hatte und danach war alles dunkel gewesen.

„Irgendein Lehrling hatte wohl eine ungesicherte Mülltonne auf einem Gerüst platziert. Wenn sie die Baufirma verklagen wollen, dann können sie den Bericht der Polizei und ein ärztliches Attest von mir bekommen!"

„Nein danke", erwiderte er, denn das würde vermutlich sowieso nichts nutzen.

Er fasste sich an die Stirn und spürte den Verband um seinen Kopf. Und auch sein Bein schmerzte.

„Was ist mit meinem Fuß?", fragte er nach.

„Sie sind wohl kurz vorher umgeknickt. Das hat sie vermutlich auch vor schlimmeren bewahrt. So hat die Tonne sie nicht voll erwischt. Der Fuß ist bandagiert, aber es ist nichts gebrochen. Ein paar Tage Schonung und ein bisschen Vorsicht beim Auftreten und alles wird wieder gut!"

„Danke schön", gab er dem Arzt zurück, der nur noch nickte und dann das Zimmer verließ.

Chris setzte sich vorsichtig in seinem Bett auf und dachte nach.

Er war vor drei Wochen 26 geworden und in der letzten Zeit, praktisch seit seinem Geburtstag, hatte er zunehmend Pech gehabt.

Irgendwie war das schon seltsam. Unmittelbar nach der Geburtstagsfeier mit den Freunden hatte das angefangen. Da hatte ihn ein Betrunkener angerempelt und zur Seite gestoßen, in die einzige Pfütze, die es dort gegeben hatte.

Dann war ein paar Tage später sein Briefkasten explodiert, weil wohl ein paar Kinder mit Blitzknallern gespielt hatten, es hatte einen Wasserrohrbruch in der leerstehenden Wohnung über ihm gegeben und durch den Wasserguss war sein Rechner zerstört worden.

Der neue PC war dann nach ein paar Tagen erneut kaputtgegangen. Und dann hatte der Monteur, der den Wasserschaden repariert hatte, auch noch seine Tür beschädigt.

Das Chaos in der Wohnung hatte er erst vor zwei Tagen wieder bereinigen können und jetzt kam zu allem Übel auch noch eine fliegende Mülltonne dazu!

Wenn es etwas nützen würde, dann würde er sich jetzt irgendwo verkriechen, aber dem Schicksal konnte man wohl kaum entgehen. Vermutlich nicht mal in einer tiefen Höhle irgendwo in einem Berg!

Ächzend schwang er seine Beine aus dem Bett, denn er wollte auf die Toilette, aber die Kabel hinderten ihn gerade daran, das Bad aufzusuchen.

Davon musste er sich erst mal befreien, doch das ging wohl nicht alleine. Daher blieb ihm als einzige Möglichkeit noch, sich von einer Schwester die Geräte abmachen zu lassen.

Er zog die Ruftaste an sich und drückte den roten Knopf.

Es dauerte keine Minute, da öffnete sich die Tür und eine der Schwester steckte ihren Kopf durch den Türspalt herein. Sie war ziemlich hübsch und sicher noch keine achtzehn, vermutlich eine Praktikantin.

„Ich müsste mal auf die Toilette. Könnten Sie mir bitte die ganzen Schläuche abmachen?", fragte er sie.

„Ähm, das kann nur die Schwester. Das dauert noch ein paar Minuten. Ist es eilig?", entgegnete sie.

„Irgendwie schon", erwiderte er, damit sie sich eventuell beeilen würde, um die Schwester zu holen.

„Dann bringe ich ihnen schnell die Nachtpfanne", erklärte sie und verschwand.

So war das irgendwie nicht gedacht gewesen. Seufzend legte er sich zurück und wartete.

Es dauerte ein paar Minuten, dann kam die junge Schwester zurück und hielt ihm den seltsam aussehenden Nachttopf hin.

„Schaffen sie es alleine? Oder soll ich ihnen helfen?", fragte sie.

Das hätte ihm jetzt gerade noch gefehlt!

„Nein, alles gut. Stellen Sie es einfach hier hin", gab er ihr zurück.

Sie lächelte und stellte den Nachttopf neben ihm auf dem Bett ab. Offenbar wartete sie jetzt aber neben ihm, dass er damit fertig war.

Und seine Blase begann gerade zu drücken.

Jeder andere Mann hätte sich sicherlich gefreut, wenn ihm eine junge hübsche Schwester an die Hose gegangen wäre, wobei er die ja momentan nicht mehr anhatte, sondern nur einen seltsamen Kittel trug, der auch noch hinten geschlossen war und damit das Pinkeln noch zusätzlich erschwerte.

„Könnten sie sich bitte umdrehen", stieß er gepresst aus, als es nicht mehr anders ging.

Abermals verstehend lächelnd drehte sie sich um, er schlug die Bettdecke zurück und versuchte in den Napf zu treffen, was in einer seitlich liegenden Position gar nicht so einfach war.

Und mit ihr vor dem Bett wollte es wohl auch nicht so richtig gehen.

„Verdammter Mist", stöhnte er auf.

Und genau in dem Moment, als es endlich zu laufen begann, drehte sich die Pflegerin um, um ihm wohl dabei zu helfen.

Wenn man schon mal eine Pechsträhne hatte, dann aber richtig!

Er fügte sich in sein Schicksal, ließ einfach laufen, während die Schwester den Napf hielt und ihm dabei zusah.

Sie machte das sicherlich ein paar Mal am Tage, aber er eben nicht. Es war ihm hochgradig

peinlich und dennoch konnte er an dieser missli-
chen Lage im Moment überhaupt nichts ändern.

Als sie endlich gegangen war, legte er sich
zurück. Und erneut grübelte er. Wie konnte man
wohl eine Pechsträhne beenden? Und was hatte
sie bei ihm ausgelöst? Oder war alles nur Zufall
gewesen?

Das Handy piepste vom Nachttisch und er zog
es zu sich. Mit einer E-Mail sendete ihm der
Monteur die Rechnung für die Behebung des
Wasserschadens, obwohl das eigentlich Sache des
Vermieters der anderen Wohnung war.

Und wie sich das so gehörte, war der gerade
telefonisch nicht zu erreichen!

Chris zog die Decke über den Kopf und war
wieder das kleine Kind, das in dieser Art das
Übel der Welt von sich fern gehalten hatte.

Aber das würde nicht lange funktionieren.

Irgendwann würde er dieses Bett wieder verlassen müssen!

4. Kapitel

Schmerzhafte Rückkehr

Nele lehnte sich entspannt zurück, blickte aus dem Fenster des Flugzeuges und sah die kleinen Wolken neben sich, die offenbar dieselbe Richtung hatten, wie der schnelle Silbervogel.

Am Morgen war sie in Tokyo abgeflogen und dieser Flug würde etwa fünfzehn Stunden dauern, danach noch mal ein paar Stunden mit der Bahn bis zu ihrem noch fernen Ziel.

Der Auftrag des Onkels war klar: Sie sollte nichts auskundschaften, sondern den Sohn eines Freundes ihres Onkels beschützen. Personenschutz also, was nicht wirklich das war, wofür sie in all den Jahren ausgebildet worden war.

Es war wohl der Verzweiflung des Freundes geschuldet, dass er auf sie gekommen war.

Momentan trug sie eine elegante Kombination aus Rock und Bluse. Ganz die vornehme Businessfrau, war sie tief in ihre Rolle eingetaucht.

Irgendwie ging es wieder heim.

Vor Jahren war sie das letzte Mal in Deutschland gewesen: bei der Beerdigung ihrer Großmutter, mit ihrer Tante zusammen.

Seit damals hatte sie einen deutschen Pass und, da es das Haus der Großmutter noch gab, dort auch eine Bleibe und eine Wohnanschrift.

Das Haus war seit fast sechs Jahren verlassen, aber eine Nachbarin kümmerte sich um alles. Und wenn man es so wollte, so war es wohl eine Rückkehr zu ihren Wurzeln.

Ein paar Tage zuvor hatte sie noch gefragt, was werden würde, aber da hatte sie nicht mal ansatzweise daran gedacht, dass sie ihr Weg wieder zum Anfang zurückbrachte.

Nach der Ansicht ihres alten Zen Meisters lief alles in Kreisen ab und eventuell war das jetzt auch der Fall.

Es war ihr Elternhaus, das sie damals mit den Eltern und der Großmutter bewohnt hatte, dann war da dieser schreckliche Unfall an ihrem zwölften Geburtstag geschehen. Die Großmutter war am Tode der Tochter zerbrochen und sie selbst völlig traumatisiert durch das Erlebte gewesen.

Nach dem Aufenthalt im Krankenhaus hatte ihre Tante sie daher mit nach Japan genommen.

Und jetzt führte sie ihr Weg wieder zurück.

Nele wischte die dunklen Erinnerungen aus und konzentrierte sich auf ihren Auftrag.

In Gedanken ging sie noch einmal alles durch. Der Freund ihres Onkels und ihrer Tante hatte zusammen mit ihnen studiert und war jetzt Politiker geworden.

Aus irgendeinem Grunde war er wohl mit irgendwelchen dubiosen Geschäftsleute aneinandergeraten und die hatten offenbar Verbindungen zum organisierten Verbrechen und die schreckten wohl nicht davor zurück, ihn über seinen Sohn zu erpressen.

Ihre Aufgabe würde es sein, diesen Sohn zu beschützen und gleichzeitig etwas über die Hinterleute dieses perfiden Planes zu erfahren.

Warum der Mann nicht einfach zur Polizei ging, erschloss sich ihr zwar nicht, aber eventuell hatte er in seiner Panik nur diesen Ausweg gesehen und ihren Onkel um diesen Gefallen gebeten.

Damit war sie also jetzt auf dem Weg.

Ihre Zielperson war 26, ein Computerfreak und wohl auch noch etwas menschenscheu. Es wäre wahrscheinlich kein Problem, unbemerkt in seiner Nähe zu bleiben, denn solche Männer dachten nur in Bits und waren daher mitunter im öffentlichen Leben hoffnungslos verloren.

Der zweite Teil ihrer Aufgabe war da schon schwieriger. Ermittlungen gegen das organisierte Verbrechen bargen da ein gewisses Gefahrenpotenzial in sich. Ziemlich leicht konnte man da irgendwo für immer verschwinden. Zumal sie auch noch kaum einen Anhaltspunkt hatte, wo sie suchen sollte.

Sie zog ihr Handy heraus und suchte das Bild ihres zukünftigen Schützlings heraus. Das Foto war zwar schon ein paar Jahre alt, aber so stark veränderte man sich als Erwachsener nicht mehr.

Die Aufnahme zeigte einen typischen Mann, der seit Jahren nur noch vor dem Bildschirm gesessen hatte. Schmächtig, kurze verwuschelte dunkelblonde Haare und einen scheuen Blick.

Sie hatte nur seine derzeitige Adresse und sonst nichts. Ein bisschen wenig, aber das machte die Sache nur noch spannender für sie.

Als nächstes konzentrierte sie sich auf seinen Vater. Nachdem sie den Namen in die Suchmaschine eingegeben hatte, spuckte das Handy eine Reihe von Zeitungsartikeln aus. Wenn sie das Ganze richtig verstand, dann war er ein ziemlich hohes Tier im Amt und für das Bauwesen in ihrer ehemaligen Heimatstadt zuständig.

Damit war zu vermuten, dass ihr Auftrag und sein Ärger wohl mit irgendeinem Gebäude oder Grundstück zu tun hatte.

Mitunter steckten hinter scheinbar seriösen Baufirmen auch nur Briefkastenfirmen, die schmutziges Geld wuschen.

In ihre weiteren Recherchen vertieft verging der Flug, schließlich ertönte das Signal, das Anschnallzeichen blinkte auf und das Flugzeug setzte zur Landung an.

Kurz darauf ging eine edel gekleidete Karrierefrau auf die Toilette des Flughafens und wenige Minuten später erschien eine sportliche junge

Frau mit kurzen blonden Haaren und einer großen Sonnenbrille auf der Nase wieder von dort.

Zwar wusste niemand, dass sie auf dem Weg war, aber man musste immer seine Spuren verwischen!

Gelassen schlenderte sie zum Bahnsteig, fuhr mit der Rolltreppe hinab und gönnte sich einen Kaffee an einem Imbissstand.

Durch die Sonnenbrille verborgen sondierte sie vorsichtig ihre Umgebung, denn wenn jemand das Telefonat mit ihrem Onkel abgehört hatte, dann wussten ihre Verfolger eventuell bereits, dass sie hier war.

Ihr geschulter Geist scannte augenblicklich alle Menschen rund um sie herum ab und unterteilte sie in ungefährlich oder beachtenswert.

Auf diesem Bahnsteig war aber anscheinend alles in bester Ordnung. Dasselbe Spiel würde sie dann noch einmal auf ihrem Zielbahnhof machen.

Der Kaffee schmeckte nicht wirklich passabel, aber er hielt wach.

Jetzt brauchte sie noch eine Lektüre für die Fahrt und da bot sich der kleine Zeitungskiosk geradezu zum Stöbern an.

Der ICE hatte zwanzig Minuten Verspätung. Das wäre in Japan fast undenkbar gewesen.

Nele zog ihren Koffer zum Kiosk, kaufte eine Zeitung und ein Buch und danach war noch etwas Zeit für einen weiteren scheußlichen Kaffee.

Der Zug fuhr ein, sie stieg ein und verstaute ihren Koffer in der Gepäckablage, dann rollte der ICE auch schon wieder an.

Jetzt folgten noch drei Stunden Zugfahrt.

Damit dauerte ihre ganze Reise 18 Stunden, doch mit dem Zeitunterschied von sieben Stunden, zwischen Tokyo und Frankfurt, würde sie dann also gegen Abend desselben Tages in ihrer ehemaligen Heimatstadt sein.

Die Zeitung vertrieb ihr die Zeit und der Kaffee im Zug war deutlich besser, als jener auf dem zugigen Bahnsteig.

Fast pünktlich näherte sie sich ihrem Reiseziel und nachdem sie sich auf der Zugtoilette noch einmal verändert hatte, fuhr sie schließlich mit dem Taxi zu ihrem alten Elternhaus.

Es dämmerte bereits, als sie bei der Nachbarin klingelte, dort den Schlüssel holte und das Haus betrat.

Alles war gut im Schuss und sauber. Es roch sogar noch so, wie sie es in der Erinnerung gehabt hatte.

Der Kühlschrank war gut gefüllt und hier schien sich in den letzten zwölf Jahren nichts verändert zu haben.

Vorsichtig stieg sie die Treppe hinauf, schob die Tür ihres Kinderzimmers auf und auch darin war alles noch so, wie sie es an jenem so verfluchten Tag verlassen hatte.

5. Kapitel

Zeit zum Grübeln

Zwei Tage lang hatten die Ärzte ihn zur Beobachtung im Krankenhaus dabehalten, achtundvierzig ziemlich lange und mitunter sehr langweilige Stunden, obwohl man ihn von einer Untersuchung zur nächsten weitergereicht hatte.

Es hatte ein allgemeines Kopfschütteln darüber gegeben, dass ihm dabei nicht mehr passiert war, als ein verstauchter Knöchel sowie ein paar Prellungen und Blutergüsse.

Mitunter hatte er das Gefühl, dass die Ärzte sich sogar ärgerten, dass er so glimpflich davongekommen war. Das konnte zwar auch täuschen, aber irgendwie war es schon seltsam.

In den beiden Tagen hatte er aber trotzdem auch Unmengen von Zeit gehabt, um über alles nachzudenken: über sein Leben, seinen Job und seine Familie.

Bei der Familie war das ziemlich schnell gegangen, denn er lebte seit Jahren praktisch alleine und dennoch war in diesem Krankenhaus die Familie immer wieder ein Thema für ihn gewesen.

Doch das war wohl auch nur zu verständlich, denn irgendwo in einem Zimmer dieses Hauses war seine Mutter vor vielen Jahren gestorben und daher war das hier ein Platz, an dem sich sein Schicksal schon einmal so gravierend geändert hatte.

Beinahe 14 war er gewesen, als er dieses Haus damals betreten hatte, um von seiner Mutter Abschied zu nehmen und danach in ein Heim zu gehen.

Die Erinnerung daran schmerzte mitunter auch jetzt noch mehr, als der verstauchte Knöchel.

Bisher hatte ihn wohl nur der Job vom Nachdenken abgehalten und die erzwungene Untätigkeit hatte das alte Problem wieder nach oben gespült.

Allerdings war es auch dieser Job, der ihn die letzten Nächte nicht hatte schlafen lassen. War das wirklich das, was er den Rest seines Lebens machen wollte?

Selbstverständlich war es gut bezahlt, was er da tat, aber war es auch das, was er sich für die Zukunft vorstellen konnte? Der Personalchef hatte ihn damals bei der Einstellung die obligatorische Frage gestellt: Wo sehen sie sich in fünf Jahren? Das war jetzt drei Jahre her und nichts von dem, was er sich damals vorgestellt hatte, war auch nur ansatzweise eingetreten.

War damit jetzt der Zeitpunkt erreicht, um die Reißleine zu ziehen? Oder sollte er einfach darauf vertrauen, dass alles gut werden würde?

Morgen, nächsten Monat oder in fünf Jahren?

Zumindest durfte er das Krankenhaus jetzt endlich wieder verlassen.

Mit dem Arztbrief und einem Krückstock machte er sich nach der Visite auf den Heimweg.

Er fühlte sich wie ein alter Mann und das brachte seine Sorgen nur noch deutlicher nach vorn. Zwar sah er in den Schaufensterscheiben, dass er noch immer jung war, aber das Gefühl holte ihn ein.

Was würde er in vielen Jahren sagen, wenn er dann wirklich mit dem Krückstock unterwegs war und auf sein vergangenes Leben zurückblickte?

Gerade war es ziemlich trostlos.

Irgendwo hatte er mal gelesen, dass die meisten Menschen sich kurz vor dem Tode nur darüber ärgerten, was sie nicht gemacht hatten. Keiner war dabei, der gesagt hatte: warum habe ich mich das nur getraut?

Und was hatte er vorzuweisen?

Noch nicht viel. Einen schlechten Job und eine leere Wohnung, die jetzt auf ihn wartete. Der PC noch, an dem er so manche Nacht verzockt hatte. Er war zwar ein Ass in vielen Computerspielen, aber konnte man so etwas auf einen Grabstein schreiben?

Grübelnd setzte er seinen Weg fort. Dieser Unfall hatte wohl mehr in ihm in Bewegung gesetzt, als er vor Tagen noch für möglich gehalten hatte.

Die Mutter hatte mal gesagt: Ein Schlag auf den Hinterkopf fördert das Denkvermögen. Recht hatte sie gehabt, nur dass es bei ihm eine fliegende Mülltonne gewesen war, die soeben dazu führte, dass er über sein Leben nachdachte.

Was wäre gewesen, wenn ihn das Metallteil voll getroffen hätte?

Wen hätte es interessiert?

Niemanden!

Das war wohl das Resultat dieser zwei Tage und Nächte. Er war austauschbar und keinen kümmerte es, was mit ihm wurde.

Wollte er wirklich so leben?

Der Mai hatte begonnen, es war ein schöner Tag und auf der Straße waren auch viele Frauen unterwegs. Das warme Wetter verlockte sie danach, sich leicht und luftig zu kleiden. Mitunter blieb sein Blick an einer dieser Schönheiten hängen, doch der in der Kindheit erlebte Kummer steckte noch immer viel zu tief in ihm.

Nur in seiner Wohnung, seiner Burg, fühlte er sich sicher, denn das Mobbing in Schule und Heim hatten tiefe Narben auf seiner Seele hinterlassen und die Tage des Nachdenkens hatten sie ihm nur zu deutlich vor Augen geführt.

Doch was konnte er daran ändern?

Vielleicht eine Therapie machen?

Aber anderen ging es doch viel schlechter! Er blieb stehen und überlegte. Das war der falsche

Ansatz! Was kümmerten ihn die anderen? Wer von denen sorgte sich wirklich um ihn?

Er musste sich besser fühlen! Und da war es wohl nur ein seltsamer Zufall, dass er gerade vor der Tür einer Arztpraxis stehen geblieben war und da auch das Schild eines Psychotherapeuten daran angebracht war.

Wenn der jetzt auch noch einen Termin freihatte, dann wäre das hier der erste Schritt zu der Zukunft, die er sich vorstellte.

Beherzt schob er die Tür auf und trat ein. Eine Schwester stand am Empfangstresen mit dem Rücken zu ihm und drehte sich um, als sie die Tür hörte.

„Haben sie einen Termin?", fragte sie mit einer melodischen Stimme.

„Noch nicht, aber ich hätte gern einen, wenn das möglich ist. Ich bin auch Privatpatient!"

„Ich frage mal die Frau Doktor", antwortete die Frau und bot ihm einen Stuhl im Wartebereich an.

Eine Frau als Arzt?

Warum eigentlich nicht? Früher hatte er auch oft mit der Mutter geredet. Sie war wohl die einzige, die ihn verstanden hatte.

Es dauerte ein paar Minuten und er haderte schon wieder mit seiner Entscheidung, aber er blieb. Bei der derzeit an ihm klebenden Pechsträhne hatte die Frau wohl in fünf Jahren den nächsten freien Termin.

Irgendetwas wollte ihn aus dem Raum ziehen, doch er stemmte sich dagegen.

Endlich kam die Schwester zurück und erklärte: „Ein Patient hat gerade abgesagt. Also wenn sie möchten, dann ist die Couch für sie frei."

Sie hielt die Tür offen und er nickte ihr zu.

Vorsichtig erhob er sich und humpelte in den Raum hinein.

Eine ältere Frau mit grauen Haaren begrüßte ihn und wies ihm einen Platz zu.

„Erzählen sie mal, was sie zu mir führt", begann sie.

„Wohl ein glücklicher Zufall", antwortete er.

Er hatte das Glück gehabt, dass der Schlag ihn nicht zu schwer verletzt hatte und jetzt hatte er sogar noch einen sofortigen Termin bekommen.

Die Vorsehung schien ihm hold zu sein.

Zuerst ganz zögerlich breitete er seine Kindheit vor der Frau aus und sie hörte einfach nur geduldig dabei zu.

Mit jedem Wort wurde es ihm leichter ums Herz.

6. Kapitel

Nacht der Götter

Der kleine, zottelige Teddybär stand noch genau an derselben Stelle auf ihrem Kopfkissen wie früher und in der Sammlung ihrer Puppen fehlte nicht eine. Es war zwölf Jahre, zweiunddreißig Tage und etwa dreizehn Stunden her, dass sie im Überschwang der Freude diese Tür hinter sich geschlossen hatte.

Sogar eines der Geburtstagsgeschenke stand noch eingepackt auf ihrem Schreibtisch! Die Mutter hatte es ihr an jenem so verhängnisvollen Tag geschenkt, mit der Maßgabe, es erst später zu öffnen.

Jetzt war sie eine gestandene Frau, hatte jahrelang gelernt, gegen alles möglich zu kämpfen und dennoch stürzte gerade alles mit Macht über ihr herein.

War es wirklich klug gewesen, hierher zurückzukommen? Oder wäre ein Hotelzimmer in der Stadt nicht besser gewesen?

Fast meinte sie, die Stimme der Mutter von unten zu hören, die sie zur Eile anhielt und mit einem Mal war sie wieder das kleine zwölfjährige Mädchen mit den Zöpfen, das sich hier an jenem Morgen so unbändig auf den Besuch im Zoo gefreut hatte.

Der Vater hatte es durch seine Beziehung zu einem Freund ermöglicht, dass sie noch vor der Öffnung des Tierparks im Elefantenhaus die großen grauen Dickhäuter streicheln durfte und darum musste damals alles so schnell gehen.

Danach der eilige Aufbruch, die Autofahrt und dann dieser LKW, der ihnen die Vorfahrt genommen hatte.

Der schwere Lastwagen hatte ihr Auto seitlich gerammt und in zwei Teile zerrissen. Unmittelbar vor ihr war plötzlich nichts mehr gewesen.

Von einer Sekunde zur anderen war alles vorbei gewesen.

Fröstelnd stand Nele in ihrem Zimmer.

Mit zitternden Fingern öffnete sie die Schleife des Päckchens und wickelte das bunte Geschenkpapier aus. Im Karton befand sich eine Elefantenfamilie aus Plastik. Weinend streichelte sie die grauen Plastiktiere.

Warum war sie hier?

Und warum heulte sie gerade wie ein Schlosshund?

Hatte der Onkel ihr nicht beigebracht, sich mutig und entschlossen jeder nur erdenklichen Situation zu stellen?

Warum fiel ihr das gerade hier so schwer?

Vielleicht hatte sie das Ganze all die unzähligen Monate lang einfach nur verdrängt?

Möglicherweise!

Damals hatte sie einige Wochen im Krankenhaus gelegen, bevor ihr die Tante erklärt hatte, dass sie Waise war. Geahnt hatte sie es wohl schon vorher, aber dann war da diese endgültige Bestätigung gewesen. Und noch bevor sie das Krankenhaus verlassen konnte, war auch schon die Beerdigung erledigt gewesen.

Der einzige Trost in all den Jahren war gewesen, dass die letzten Worte, die sie zu den Eltern gesagt hatte: „Ich liebe euch", gewesen waren.

Vielleicht wäre es damals besser gewesen, eine Therapie zu machen und sich seinen Ängsten zu stellen, aber es war für die Tante wohl erst einmal wichtiger gewesen, dass sie überlebte.

Dann kam der Flug nach Japan und alles war anders. Es war ein Neubeginn, aber sie hatte das hier Erlebte nur in diesen Räumen gelassen.

Sie war praktisch vor der Angst geflohen und es hatte wohl auch geholfen.

Bis gerade eben!

Jetzt war dieses Grauen zurück und sie würde sich dem stellen müssen. Möglicherweise war das der Fingerzeig gewesen.

Sie hatte am Schrein Agyō gefragt, was werden würde, doch bevor das möglich wurde und etwas Neues beginnen konnte, musste Ungyō das alte beenden.

Agyō und Ungyō bildeten eine Einheit.

Kein Neubeginn ohne Abschied, keine Geburt ohne Tod und kein Tod ohne vorherige Geburt.

Deshalb standen diese beiden Torwächter doch auch dort.

Zuerst hätte sie wohl Ungyō diese Frage stellen sollen.

Doch jetzt war diese Entscheidung schon von den beiden Göttern getroffen worden.

Hier und jetzt musste sie die Vergangenheit beenden!

So viele Techniken der Angstbewältigung hatte sie seitdem gelernt. Da musste doch eine darunter sein, die ihr auch im Moment helfen konnte!

Nele griff sich ihren Bären, zog das geliebte Stofftier an ihre Brust und mit diesem starken Beschützer aus Kindertagen im Arm ging sie weiter durch das Haus.

Sie wusste nicht, was sie suchte, aber ihr Weg zog sie vorwärts.

Im Erdgeschoss betrat sie die ehemalige Wohnung der Großmutter und beschloss, in der nächsten Zeit diese Räume zu bewohnen, denn sie waren nicht mit Schmerz verbunden, sondern schon immer nur mit Freude.

Sie setzte sich in Großmutters gemütlichen Sessel und ihr Blick fiel auf den Schrank, in dem die Großmutter dutzende Engel hinter Glas aufgestellt hatte.

Aber eine dieser Figuren fesselte sofort ihren Blick. Diese kleine Statue passte da irgendwie nicht dorthin, denn es war kein Engel. Es war eine etwa zwanzig Zentimeter hohe Skulptur von Senju Kannon, der buddhistischen Göttin der Gnade und Barmherzigkeit.

Vermutlich hatte die Tante es ihrer Mutter vor vielen Jahren geschenkt, denn in ihrer Wohnung in Japan stand die gleiche Figur im Hausaltar.

Nele erhob sich, nahm die Figur vorsichtig aus der Vitrine und begann einen Hausaltar zu bauen.

Nach wenigen Minuten war alles fertig, sie setzte sich vor die Gottheit, machte ein paar Mudras und verband sich mit Kannon. Die Gnade der Göttin durchströmte sie und löschte jeden Schmerz aus.

Schließlich erschien Ungyō und berührte sie mit seinem Schwert, damit beendete er das alte Leben und für den Bruchteil einer Sekunde hing sie zwischen den Welten, bevor Agyō sie mit seinem Stab traf und sie wiedergeboren wurde.

Im selben Moment begann der neue Tag und die Sonne ging hinter dem Altar auf.

Nele erhob sich, verbeugte sich vor der Göttin und platzierte ihren Stoffbären im Altar.

Müde und erschöpft schlich sie zu Großmutters Sofa, fiel darauf und schlief sofort ein.

Viele Stunden später erwachte sie wieder, ging unter die Dusche und besah sich danach ihre Kleidung, die sie aus dem Koffer zog.

Der wichtigste Grundsatz einer Kunoichi oder eines Shinobi war, nicht aufzufallen und das würde bei der Auswahl in ihrem Koffer schwierig werden.

Sie entschied, das etwas späte Frühstück in das nahegelegene Shoppingcenter zu verlegen und dort auch gleich noch ihren Kleidungsbestand den örtlichen Gegebenheiten anzupassen.

Im Schuppen hinter dem Haus befand sich bestimmt noch Großmutters altes Fahrrad.

Nele zog sich an, ging nach draußen und holte das Rad. Daneben stand auch noch ihr kleines Kinderrad mit dem pink gestrichenen Rahmen, aber damit war jetzt kein Schmerz mehr verbunden, als sie es sah.

Das alte Leben lag hinter ihr.

An diesem Tag begann etwas Neues!

Und es war so ein schöner Tag am Anfang des Mai. Die Sonne knallte so richtig auf sie herab und machte Lust, den Fahrtwind auf der Haut zu spüren.

Beschwingt trat sie in die Pedale!

7. Kapitel

Dafür oder dagegen?

Obwohl er auch noch zwei oder drei Tage hätte Pause machen können, und ihm jeder Arzt sofort dafür einen Krankenschein geschrieben hätte, zog es ihn dennoch schon am Tage nach der Entlassung aus dem Krankenhaus auf seine Arbeitsstelle zurück.

Warum das geschah, wusste er eigentlich nicht.

Der Nachmittag mit der Psychotherapeutin war einfach nur wunderbar gewesen und das Glück hatte es so gewollt, dass auch die beiden nachfolgenden Patienten ihren Termin nicht wahrgenommen hatten.

Geschlagene drei Stunden lang hatte er sich allen Kummer von der Seele geredet und die Frau Doktor hatte in dieser Zeit sicherlich keine hundert Worte gesagt.

Sie hatte einfach nur zugehört und ihn reden lassen. Der Sack Steine, den er über die Jahre mit sich mitgeschleppt hatte, war um ein beträchtliches Maß leichter geworden.

Zum Schluss hatte sie ihm einige Übungen für daheim gezeigt und er hatte auch noch zwei Folgetermine gemacht.

Und jetzt saß er schon wieder ein paar Stunden auf dieser Arbeit.

Offenbar hatte ihn noch nicht mal jemand vermisst. Nur Ramona, seine Tischnachbarin, hatte ihn auf den Krückstock angesprochen, der soeben neben ihm an der Tischkante lehnte.

Die nur ein Jahr jüngere rothaarige Frau war der Feger des ganzen Büros. Mitunter erklang ihr schallendes Lachen ziemlich laut, was eigentlich im Büro verpönt war, aber als Protegé des Chefs hatte sie so ziemlich Narrenfreiheit.

Eventuell hatte er bei ihr gute Chancen zu landen, aber wohl nur für eine Nacht, denn offensichtlich wollte die Frau gerade nichts Festes.

Und für unverbindlichen Sex war er nicht zu haben. Das hatte wohl auch dazu geführt, dass er mit 26 noch immer nicht mit einer Frau geschlafen hatte.

Und das wollte er definitiv auch nicht mit Ramona ändern.

Sie war einfach viel zu flatterhaft, aber irgendwann würde es wohl eine geben, bei der er sich einfach nur öffnen konnte, die ihm zuhörte und ihn verstand.

Irgendwo da draußen war der eine Mensch, der perfekt zu ihm passte. Und zwar nicht nur untenrum!

War das seltsam gedacht?
Möglicherweise.

Die meisten seiner Kollegen hätten vermutlich kein Problem damit, einfach mal mit Ramona für fünf Minuten im Kopierraum zu verschwinden.

„Frau Spielmann, in mein Büro!", rief der Chef.

Ramona folgte dem Aufruf sofort und gut gelaunt. Sie tänzelte den Gang zwischen den Tischen entlang und ihr kurzes, buntes Sommerkleid wehte hinter ihr her.

Jeder andere Kollege hätte jetzt wohl den Kopf eingezogen, Ramona hingegen lachte dabei. Schließlich verschwand sie im Büro hinter der schalldichten Tür und jedem war sofort klar, was darin geschah.

Jedem, nur der Frau des Chefs vermutlich nicht!

Die Uhr im Büro zeigte 12 Uhr an und alle verließen den Raum.

Er schloss sich der Gruppe hinkend an und war daher selbstverständlich auch der Letzte, der an der Tür der Kantine ankam.

Die Schlange an der Essensausgabe war beachtlich und somit entschied er für sich, die Pause in dem kleinen Bistro zu machen, dass sich unten auf der Straße befand. Da gab es zwar keine warmen Gerichte, aber man konnte auch schlechter seine Pause verbringen, als bei leckerem Apfelkuchen und Kaffee.

Er ergatterte den letzten freien Platz unter einem Sonnenschirm, bestellte und genoss es einfach, hier draußen zu sein.

Am Nachbartisch arbeitete einer an seinem Laptop und Chris sah, dass er seine Arbeit von hier aus machte. Das war in ihrer Firma völlig undenkbar, denn der argwöhnische Chef wollte immer ein Auge auf alle seine Unterstellten haben.

Vielleicht könnte er sich selbständig machen? Gute Programmierer wurden überall in der Stadt händeringend gesucht.

Was hielt ihn eigentlich noch hier?

Diese Frage hatte er sich auch am Tage zuvor gestellt. Die Antwort war: das pünktliche und gute Geld, aber wog das die Nachteile auch wieder auf?

Er brauchte eine Liste mit dafür und dagegen.

Auf einer Serviette schrieb er nebeneinander die Vorzüge und Nachteile dieser Arbeit auf. Nur das Geld stand im Plus, viel mehr Punkte befanden sich auf der anderen Seite!

Sollte das einem nicht zu denken geben?

Jetzt machte er auf der Rückseite des Blattes eine Liste mit Pro und Contra für den Fall, dass er selbständig arbeiten konnte.

Wie nicht anders zu erwarten war, sprach hier nur das zweifelhafte Gehalt dagegen.

Als er sich die Aufstellung noch einmal genauer ansah, bemerkte er, dass auf der zweiten

Liste eigentlich nur die beiden Seiten vertauscht waren.

Er hätte sich viel Mühe erspart, wenn er einfach nur beide Seiten getauscht hätte.

Sollte er den Schritt also wagen?

Als Nächstes überschlug er in Gedanken seine finanziellen Mittel. Er hatte ein bisschen Geld auf dem Konto und für ein reichliches halbes Jahr würde das sicherlich genügen, danach musste der neue Job gewinnbringend laufen!

War das zur Überbrückung genug?

Der wichtigste Punkt auf der Liste war aber die Familie, die er irgendwann mal haben wollte.

Chris nahm sich vor, in der nächsten Zeit öfters mal das Haus zu verlassen, denn nur so konnte er eine Frau finden, die klopfte nämlich nicht einfach so an seine Tür und erklärte: „Nimm mich! Ich will deine Frau werden!"

Jetzt drängte aber die Zeit.

Schnell schlang er den köstlichen Kuchen herunter, bezahlte und hinkte zurück in sein Büro.

Die Tür des Chefs war noch immer geschlossen.

Offenbar war es wohl ein längeres Diktat für Ramona, oder das Gespräch ging soeben tiefer.

Und obwohl er ja beschlossen hatte, für Frauenbekanntschaften etwas offener zu sein, kam Ramona auch weiterhin keinesfalls infrage. Da widerstrebte gerade alles in ihm gegen diese absurde Idee.

Die Bürotür öffnete sich und der Chef verließ, von Ramona gefolgt, sein Büro.

Während er ging, ordnete Ramona zuerst demonstrativ ihr Haar, was sie allerdings auch in dem Raume hätte tun können, und kam danach zurück auf ihren Platz getänzelt.

Jetzt hatte sie ein ziemlich auffälliges Parfüm aufgelegt, beugte sich über seinen Schreibtisch, wobei sie ihm einen sehr offenherzigen Einblick bot, und plauderte: „Der Chef hat mir angekündigt, dass wir ein neues Programm entwickeln werden und wir beiden sollen dafür verantwortlich sein!"

Das klang zumindest nach der Chance, auf die er die ganze Zeit gewartet hatte.

Oder gab es da einen Haken?

„Wir zwei Hübschen werden wohl demnächst öfters miteinander Überstunden machen müssen!", flötete sie noch.

Das klang nicht nur nach Arbeit an sich, aber da gehörten ja immer zwei dazu!

Vorerst stellte er aber seine Pläne für die Kündigung noch etwas zurück, bis er die Einzelheiten kannte, aber wenn auch das nur eine Luftnummer war, dann sprach alles dafür, dass er die nächste Betriebsweihnachtsfeier nicht mehr hier miterleben wollte.

8. Kapitel

Eine neue Nele

Nach außen hin gelangweilt rührte Nele in ihrem Kaffee. Sie spielte gerade die Rolle einer Frau, die genervt auf ihren Freund wartete, um eventuelle Verehrer auf Abstand zu halten.

Im Inneren war sie aber konzentriert und beobachtete das Geschehen um sich herum sorgsam. Obwohl es der Mittag eines ganz normalen Wochentages war, befanden sich momentan Hunderte von Menschen in dem Center.

Aufmerksam musterte sie alle Frauen ihres Alters und registrierte, wie sie gekleidet waren, wie sie sich bewegten und wie sie redeten.

Alles davon wurde sorgsam abgespeichert.

In diesen seltsamen Ninjafilmen konnten sich die Shinobi mit einer Handbewegung unsichtbar machen. Oft hatte sie zusammen mit ihrem Onkel über diesen horrenden Blödsinn gelacht. Schwarz gekleidete Kämpfer, die zehn Meter hoch springen konnten oder einfach so geräuschlos durch Wände gingen.

Das wirkliche Geheimnis war aber, sich der Umgebung anzupassen, in der Menge von Menschen einfach untertauchen und nicht aufzufallen.

Diese Methode war schon seit Jahrhunderten die Taktik der Shinobi.

Bei einem leckeren Croissant, einem köstlichen Kaffee und einem erstklassigen italienischen Eis lernte Nele, einfach nicht aus der Masse hervorzustechen.

Ihr geschulter Geist konnte jede erdenkliche Figur erschaffen. Die Atomphysikerin konnte sie genauso glaubhaft verkörpern, wie eine Klofrau!

Alles war nur Illusion, aber überlebenswichtig.

Das hatte sie den größten Teil der letzten zwölf Jahre gelernt. Nicht mit dem Seil auf Bäume zu klettern oder Schwertkämpfe zu bestreiten, was sie natürlich dennoch konnte, sondern sich einfach in eine x-beliebige Gestalt zu verändern.

Und darin war sie eine Meisterin.

Vor Jahren hatte es ihr Spaß gemacht, die Tante in beliebigen Verkleidungen zu überraschen und nicht ein einziges Mal hatte diese sie erkannt.

Als sie bezahlte und sich von ihrem Platz erhob, bewegte sie sich schon wie eine der vielen jungen Frauen hier und das nächste war, die Kleidung zu wechseln.

Gelassen schlenderte sie an den Schaufenstern entlang und alles schien ihr hier so vertraut. Vor ewigen Zeiten, in einem anderen Leben, war sie oft mit der Mutter hier gewesen.

Das Shoppingcenter lag keine fünf Minuten mit dem Auto von ihrem Elternhaus entfernt und mitunter hatten sie hier stundenlang alles Mögliche anprobiert, sich gegenseitig ihre erbeuteten Schätze gezeigt und danach mit dutzenden Tüten beladen glücklich den Rückweg angetreten.

Pink war damals ihre Lieblingsfarbe gewesen und vieles davon hing sicherlich noch immer in ihrem Kleiderschrank.

Jetzt war ihre Mode selbstverständlich anders. Die Frauen hier waren schick, trugen die Kleidung figurbetont und bunt, mitunter auch ziemlich gewagt kurz für Anfang Mai.

Sie würde sich dem Durchschnitt anpassen, denn sie durfte ja nicht auffallen und ein zu kurzer Rock, oder ein bauchfreies Top wären wohl nur Blickfänge für Beobachter und Verfolger.

Unsichtbarkeit durch Normalität war die Devise!

Nele betrat das Bekleidungsgeschäft und begann ihren Beutezug.

Alles musste in die Tüten: Unterwäsche, Hosen, Röcke, Blusen und Tops.

Da sie immer nur zehn Teile mit zur Anprobe nehmen durfte, stapelten sich schon bald ziemlich viele Kleidungsstücke für sie an der Kasse und eine Verkäuferin in ihrem Alter begann, sich nur noch um sie zu kümmern.

Die junge blonde Frau hieß Romy und schon wenig später streiften sie gemeinsam durch die

Regalreihen. Das war zwar im gewissen Sinne auch wieder gefährlich, weil sie ja eigentlich nicht auffallen wollte, aber sie log Romy etwas von einem Urlaub in Ägypten vor und die junge Frau erzählte sofort von ihren letzten Ferien dort.

Nachdem schließlich auch noch ein paar modische Bikinis in die Tüten gewandert waren und die Rechnung an der Kasse bezahlt war, verabschiedeten sie sich wie Freundinnen mit einer Umarmung.

Der nächste Weg führte sie zu einem Friseur, wo ihre langen schwarzen Haare einer modischen Kurzhaarfrisur wichen.

Und da sie dabei schon eines der kurzen bunten Sommerkleider trug, das ihr Romy wärmstens ans Herz gelegt hatte, schlenderte danach eine völlig neue Nele, mit Tüten bepackt, durch die Menschenmassen.

In dieser Form verschwand sie völlig im Gewühl der Besucher.

Gut gelaunt kam sie schließlich an einem kleinen Laden vorbei, der allerlei Krimskrams anbot und in dessen Schaufenster in einer Ecke die beiden Torwächter standen, wie sie diese aus ihrem Shinto Schrein in Japan kannte.

Das konnte kein Zufall sein, somit kaufte sie schnell diese beiden tönernen Figuren und verwahrte sie sorgsam in ihrem Beutel.

Nur ein paar Schritte weiter befand sich ein kleiner Teeladen, der auch noch ihren Lieblingstee im Angebot hatte. So weit von ihrer Heimat entfernt gab es hier Genmaicha Tee, der zusammen mit braunem Reis geröstet wird und einfach nur köstlich war.

Im Überschwang des Glücksgefühls kaufte sie auch noch eine sauteure Teeschale, die ein Meister in Kyoto handgefertigt hatte.

Schwer mit Tüten und Beutel bepackt war es natürlich auch kein Wunder, dass sie das Fahrrad schließlich schieben musste, aber das tat ihrer glücklichen Stimmung keinen Abbruch.

Fröhlich singend schob sie ihr Rad, bis sie bemerkte, dass sie ein altes japanisches Lied sang, was so rein gar nicht zu ihrer momentan gewählten Rolle passte.

Schnell pfiff sie etwas anderes und genoss die Sonne des Frühsommers auf ihrer Haut.

Der ganze Besuch dieses Konsumtempels hatte fast tausend Euro gekostet, aber bisher hatte sie das Geld von der Lebensversicherung der Eltern nicht antasten müssen.

Bis zu diesem Tage hatte die Viertelmillion Euro auf dem Konto geschlummert, doch offenbar war auch dafür jetzt eine neue Zeit gekommen.

Schnell kaufte sie noch unterwegs zwei Sträuße Blumen, einen für die Nachbarin und den anderen für die Göttin und ihren Altar.

Nachdem sie sich bei der Nachbarin noch einmal für die Mühe in den letzten Jahren bedankt hatte, betrat sie das Haus und dekorierte schnell ihren Hausaltar um.

Nur mit der Hilfe der Götter konnte ihr Auftrag gelingen und daher mussten noch die beiden Götterfiguren ihren gebotenen Platz im Altar finden.

Der Bär rückte daher zwangsläufig ein Stück zurück.

Und jetzt, da sie die Ausstattung für ihren Auftrag zusammen hatte, wurde es langsam auch Zeit, sich ihrer Zielperson unauffällig zu nähern.

Aber zuvor musste noch dieser köstliche Tee probiert werden.

Der Wasserkocher summte und Nele betrachtete diese wundervolle Teeschale von Meisterhand. Schwarz und weiß war sie und auch darin spiegelte sich Anfang und Ende, Tag und Nacht, oder auch Geburt und Tod wider.

Alles lag in der Hand der Gottheiten!

Nichts ging ohne sie.

Der Tee jedenfalls war ein Gedicht und sie opferte eine zweite Schale davon auf ihrem Altar, bevor sie sich auf ihrem Handy nach den Abfahrtszeiten des Busses informierte und danach flugs die Kleidung wechselte.

9. Kapitel

Glücksfall oder Bestimmung?

Der Bus brachte Nele in die Innenstadt und das quirlige Leben setzte sich auch dort fort. Wie schon am Mittag im Shoppingcenter waren auch hier gerade tausende Leute unterwegs.

Es war schon ein ziemlicher Unterschied zwischen dem Leben in dieser Stadt in Mitteldeutschland mit mehr als einer halben Million Menschen zu ihrem bisherigen Leben in einem beschaulichen Bergdorf in der Präfektur Mie mit nicht einmal dreitausend Bewohnern.

Allerdings konnte man hier auch viel besser in der Menge untertauchen. Je kleiner die Bevölkerung war, umso schwerer war es sich unerkannt der Zielperson zu nähern.

Das würde sie an diesem Abend zwar noch nicht, denn sie musste zuerst die Umgebung erkunden, Versteckmöglichkeiten finden und Plätze ausspähen, von denen aus sie das Objekt ihres Auftrages unbemerkt im Blick haben konnte.

In der Innenstadt hatte sich in den letzten Jahren sehr viel mehr getan, als am Rande, wo ihr Elternhaus stand.

Hier zeugten dutzende hohe Kräne vom Bauboom und damit würde es auch gleichzeitig schwerer, denjenigen zu finden, der für die Anschläge verantwortlich war.

Zuerst musste sie aber erst mal das Haus suchen, in dem der Mann wohnte, den sie beschützen sollte.

Laut Navi war das Haus nach dem Aussteigen nur noch fünfhundert Meter entfernt.

Bummelnd und schlendernd ging sie durch die Straßen und prägte sich dabei jede Einzelheit der Umgebung sorgfältig ein. Auch hier wurde alles abgespeichert.

Schließlich meldete das Navi aus dcm Handy ihre Ankunft am Ziel.

Es war ein ziemlich schmuckes Gebäude, das bestimmt schon mehr als hundert Jahre hier stand. Liebevoll rekonstruiert, mit prächtigem Stuck an der Fassade.

Und es lag auch noch so günstig an einem großen Platz, dass man den Eingang von einem kleinen Café mit Tischen auf der Straße aus perfekt im Blick haben konnte.

Entspannt ließ sich Nele auf einem Korbsessel nieder, bestellte sich einen Cappuccino und genoss die Spätnachmittagssonne.

Dieser Auftrag gefiel ihr jetzt noch viel besser!

Von hier aus konnte sie mit einem Laptop auch gleichzeitig den zweiten Teil ihres Auftrages in Angriff nehmen, denn einige Studentinnen saßen in derselben Art hier.

Der Nachmittag verging, die Dämmerung setzte ein und aus dem Café wurde eine kleine Bar mit Freisitz. Die Getränke wechselten, die Atmosphäre wurde gelöster und die Studentinnen flirteten ziemlich heftig mit den anwesenden Männern.

Der Berufsverkehr brachte die Arbeiter und Angestellten heim und schließlich bemerkte Nele einen Mann, der dem auf dem Foto auffallend glich.

Aber er war Welten von dem Bild entfernt! Der Mann hier war sportlich, ziemlich gut gebaut, trug eine gut sitzende Kombination und ging am Stock. Das war vermutlich dem Unfall zuzuschreiben, von dem der Onkel ihr berichtet hatte.

Mit dem Erscheinen des Mannes brach ihr ganzer schöner Plan wie ein Kartenhaus in sich zusammen.

Es war eines und extrem leicht, einen Computerfreak zu überwachen, den nur der Hunger aus seiner Höhle trieb. Oder der sich vom Pizzadienst beliefern ließ. Ungleich schwieriger war es, jemanden zu beschützen, der ein geregeltes Leben hatte.

Jemand, der möglicherweise immer zur selben Zeit das Haus verließ, denselben Bus nahm und sich an immer den gleichen Orten aufhielt, konnte man viel leichter verschleppen, verletzen oder töten.

Das letztere würde wohl kaum geschehen, da sie ihn als Druckmittel gegen seinen Vater brauchten, ansonsten wäre der Auftrag gänzlich aussichtslos. Überall konnte hier jemand mit einem Gewehr und einem Schalldämpfer liegen!

Der Mann humpelte zu seinem Haus hinüber und wie zur Bestätigung ihrer Annahme, dass er ihre Zielperson war, hatte er auf seinem Rucksack das Abbild eines Ninjas.

Dieses letzten Zeichens hätte es wohl gar nicht mehr bedurft!

In Sekundenbruchteilen entwarf sie einen neuen Plan, der allerdings nur mit Improvisation und viel Glück funktionieren konnte!

Seufzend leerte sie ihr Glas und bestellte sich einen Kaffee, während der Mann gegenüber vermutlich gerade seine Wohnung betrat.

Noch immer grübelnd rührte sie in ihrem Kaffee, als er gegenüber das Wohnhaus auch schon wieder verließ und zu dieser Bar herüberkam.

Sollte sie jetzt schnell verschwinden? Oder die sich ihr bietende Gelegenheit zur weiteren Sondierung der Lage nutzen?

Sie entschied sich für das zweite und er setzte sich zwei Tische von ihr entfernt alleine hin.

Jetzt studierte sie ihn.

Er war wirklich sehr attraktiv, aber vermutlich ziemlich schüchtern, denn er ignorierte die schmachtenden Blicke einiger sehr hübscher Frauen vom Nachbartisch.

Alleine saß er dort, grübelte offenbar und trank ein Bier, wobei er wohl momentan nicht viel von seiner Umgebung wahrnahm.

Zumindest war er aber so schlau, unter vielen Menschen zu bleiben und setzte sich nicht alleine in einen Park.

Sie ging in die Bar hinein, um sich noch einen Kaffee zu holen, weil der Kellner offensichtlich gerade vom Wust an Bestellungen hoffnungslos überfordert war.

Das würde ihr letzter Kaffee sein, bevor sie wieder die Heimfahrt antreten würde, den der Jetlag zog ihr gerade massiv die Augen zu.

Ohne das starke Getränk würde sie wohl im Bus einschlafen.

Und vermutlich war es auch dieser gerade so übermächtigen Müdigkeit geschuldet, oder dem Zufall, aber er stand genau in dem Moment auf, als sie mit ihrem Kaffee im Becher an ihm vorbei zum Bus gehen wollte.

Trotz ihrer eigentlich guten Reflexe landete das ziemlich heiße Getränk dabei auf ihrem Top und hinterließ darauf einen großen dunkelbraunen Fleck.

Sofort war sie wieder hellwach, denn es tat höllisch weh!

„Oh, entschuldige! Ich habe dich gar nicht gesehen!", stammelte er.

Sie blickte auf den Fleck herab und sah im Augenwinkel, dass wohl einige der Frauen gerade ziemlich mürrisch schauten, weil ihnen das als Annäherung nicht eingefallen war.

Das Schlimmste an dieser vertrackten Situation war allerdings nicht, dass es auf ihrem Dekolleté wie die Hölle brannte, sondern dass dieser Vorfall ihre Mission akut gefährdete.

Da er sie ja jetzt persönlich kannte, konnte sie ihn wohl kaum noch unbemerkt verfolgen.

Innerlich fluchte sie über ihre Unaufmerksamkeit, nach außen hin spielte sie das leidende Opfer des Missgeschicks. Sie hielt sich das Top mit einer Hand vom Körper ab und wedelte sich mit der anderen Kühlung zu.

„Ich wohne gleich gegenüber. Ich könnte dir ein T-Shirt von mir geben und deine Bluse reinigen lassen!", erklärte er und zeigte mit der Hand auf das gegenüber liegende Haus.

Sollte sie die Gelegenheit ergreifen, mehr von ihm zu erfahren? Oder sich schleunigst aus dem Staube machen?

Die anderen Frauen hätten da wohl keine Skrupel, so eine Gelegenheit zu nutzen und daher stimmte sie schließlich zu.

Alles andere hätte sie nur noch verdächtiger gemacht.

10. Kapitel

Wie ein Blitz

Es war einer jener unerträglich langen Tage im Büro gewesen, mit viel Schreibtischarbeit. Ermüdend und nicht wirklich erbaulich. Er war doch in diese Firma gegangen, um da neues zu entwickeln. Momentan verwaltete er nur das alte System seiner Vorgänger.

Gegenwärtig bremste ihn wohl alles irgendwie aus und der Gehstock, den ihm der Arzt gegeben hatte, war auch nicht wirklich so toll, allerdings hatte der Arzt darauf bestanden und Chris wollte keine Verschlimmerung riskieren.

Gerade eben war er nach Hause gehinkt und musste feststellen, dass auch noch das Bier alle war, doch für den Einkauf war er derzeit viel zu schlecht gelaunt.

Zum Glück gab es nebenan die kleine Bar, wo man schnell noch ein Bier trinken konnte und die Preise dort waren auch noch relativ moderat.

Er zog sich um, ließ den Krückstock zurück und ging nach unten.

Wie jeden Abend war das kleine Lokal gut besucht. Selbst davor waren fast alle Tische besetzt und das war wohl auch dem ziemlich warmen Abend zu verdanken.

Ein Tisch war noch völlig frei, aber der befand sich auch direkt an der Tür, wo jeder rein und herauswollte. Damit war das eigentlich der ungemütlichste Platz, aber für sein Bier und das Grübeln gewissermaßen genau der richtige Ort.

Mit der Flasche in der Hand dachte er darüber nach, was er in Zukunft anders machen wollte.

Was hielt ihn eigentlich in dieser Stadt?

Natürlich gab es hier viele kleine Start-ups, bei denen er als Freelancer unterkommen und gutes Geld verdienen konnte.

Und selbstverständlich war hier auch die Wohnung, die ihn immer an die guten Jahre mit der Mutter erinnerte.

Er seufzte und erhob sich, um sich ein neues Getränk zu holen, als er mit einer jungen Frau zusammenprallte.

Sie hatte einen Becher in der Hand, der jetzt allerdings leer war, denn die sicherlich heiße Flüssigkeit durchweichte soeben ihre Bluse.

„Oh, entschuldige! Ich habe dich gar nicht gesehen!", stammelte er.

Sie blickte auf den Fleck herab und sah dabei ziemlich leidend aus. Vermutlich brannte das sehr stark und sie wollte sich das bloß nicht anmerken lassen.

Letztendlich hielt sie sich dann aber doch das durchnässte und jetzt dunkelbraune Kleidungsstück etwas von der Haut ab und wedelte sich mit der anderen Hand Kühlung zu.

Die Frau war ziemlich hübsch, etwa einen Kopf kleiner als er, hatte kurze schwarze Haare und trug nur wenig Schminke im Gesicht.

Es sah sehr natürlich aus und nicht so, wie bei den meisten anderen Frauen hier. Die Augen hatte sie besonders betont, braun und groß waren sie, wie die eines Rehs im Wald.

Irgendwie faszinierte ihn dieser Blick und wie ein Blitz durchzuckte ihn dieser Gesichtsausdruck.

Obwohl er sich bisher nie für Frauen interessiert hatte, umfing ihn jetzt ihre Ausstrahlung. Eventuell war das seinen bisherigen Überlegungen geschuldet und der Tatsache, dass er sich ja sowieso für Frauen öffnen wollte.

Tage zuvor hätte er sie womöglich gar nicht bemerkt, doch jetzt war alles anders und auch diese Überlegungen führten augenblicklich zu der Entscheidung, dass er sein Versehen unbedingt wiedergutmachen musste.

Eine Entschuldigung alleine reichte da ganz sicher nicht aus.

„Ich wohne gleich gegenüber. Ich könnte dir ein T-Shirt von mir geben und die Bluse reinigen lassen!“, erklärte er und zeigte mit der Hand auf sein Haus.

Sie schien zu überlegen, ob sie ihm wohl trauen könnte.

„Bitte, ich möchte meinen Fehler wieder ausbügeln“, forderte er sie auf.

Schließlich stimmte sie zu, nahm ihren Rucksack und folgte ihm.

„Übrigens heiße ich Chris", erklärte er und hielt ihr die Haustür auf.

„Nele", antwortete sie und trat in den Flur.

Das Gelächter der anderen Besucher des Lokals und der Lärm der Straßen blieben vor der Tür und abermals konnte er nicht umhin, sie zu betrachten, denn diese Frau hatte schon etwas!

„Ich wohne übrigens alleine", sagte er zu ihr, als er vor ihr die Treppe zu seiner Wohnung nach oben stieg.

„Die anderen Frauen in dem Restaurant wissen ja jetzt, dass ich mit dir mitgegangen bin und da waren sicher einige darunter, die gerade gern mit mir tauschen würden", entgegnete sie mit einem ziemlich kessen Augenzwinkern.

Diese freche Antwort imponierte ihm irgendwie.

Doch sollte er sie wirklich in seine Burg lassen?

Allerdings konnte sie sich ja auch nicht im Hausflur umziehen!

„Nach meiner Mutter bist du übrigens die erste Frau hier drin", setzte er hinzu, als er den Schlüssel aus der Tasche holte.

„Soll ich da jetzt geehrt oder erschrocken darüber sein?", witzelte sie nur.

Die Kleine hatte es wirklich faustdick hinter den Ohren und das faszinierte ihn immer mehr.

In der Wohnung angekommen, forderte er sie auf: „Zieh bitte deine Bluse aus."

Sie hielt den Kopf etwas schief und der Schalk blitzte erneut aus ihren Augen.

„Ok, du kannst dich im Bad umziehen. Ich hole das Shirt", erklärte er deshalb schnell und zeigte ihr den Weg.

Dann kramte er ein Bandshirt aus dem Schrank und ging damit zum Bad.

Er klopfte und sie schob die Tür einen Spalt weit auf.

Sie tauschten die Kleidungsstücke und er lief mit der Bluse zur Waschmaschine zurück.

Diese kurze Übergabe hatte ihn auch wieder überrascht, denn sie hatte ihm ohne Scheu einfach halbnackt die Tür geöffnet.

Zwar hatte sie ihm dabei nicht viel von sich gezeigt, aber sie hätte ja auch durch die geschlossene Tür sagen können: „Hänge es einfach draußen dran!"

Und erneut musste er daran denken, dass sie eigentlich die erste Frau war, die diese Räume betrat.

Irgendwie erinnerte sie ihn an seine Mutter, die war auch so souverän und selbstbewusst gewesen.

Aus irgendeinem Grund hatte er momentan das Gefühl, sie schon ewig zu kennen.

Wo kam das her?

Mit ihrem Kleidungsstück in der Hand stand er vor der Waschmaschine und war kurz davor, daran zu riechen, dann verwarf er den Gedanken, ihren Duft zu atmen.

Schnell kontrollierte er das Etikett und steckte ihre Kleidung in die Maschine: 30°, Buntwäsche im Kurzprogramm.

Die Waschmaschine lief los und damit mussten sie ja jetzt nur noch die Adressen tauschen, um ihr die Bluse zurückgeben zu können.

Oder sollten sie einen Termin für die Übergabe ausmachen?

Für einen Moment befürchtete er schon, dass sie einfach nach dem Wechsel der Sachen gegangen war, denn schließlich wusste sie ja jetzt, wo er wohnte, doch sie stand in der Stube vor dem großen Bücherschrank.

„Möchtest du Kaffee oder Tee?", frage er sie einfach, um die Gelegenheit zu bekommen, sie etwas näher kennenzulernen.

11. Kapitel

Der letzte Bus

In einem viel zu großen T-Shirt stand sie in der Stube und betrachtete seine Bleibe aufmerksam. Das Top drehte seine Runden in der Waschmaschine und er klapperte in der Küche herum.

Sie wusste, dass er Christopher hieß, aber er hatte sich ihr mit Chris vorgestellt und daher würde sie ab sofort diesen Namen für ihn benutzen.

Die Wohnung war schick, modern eingerichtet und sehr gemütlich. Das war ganz das Gegenteil dessen, was sie von einem Mann und Computerfreak erwartet hatte. Es schien ihr unwahrscheinlich, dass hier keine Frau wohnte, doch er hatte dies zumindest behauptet.

Überall war eine weibliche Hand zu spüren, doch sie ließ es erst einmal, dies genauer zu ergründen. Eventuell hatte er ja auch eine Freundin, wenn schon alle anderen Informationen zu ihm bisher nicht stimmten.

Was kam da wohl noch zum Vorschein?

Doch jetzt zog sie erst einmal das große Bücherregal wie magisch an und am besten lernte man jemanden kennen, indem man schaute, was derjenige las.

Offenbar war sein Buchgeschmack dem ihrer Tante ähnlich und schon wieder musste sie ihre Einschätzung über Chris revidieren.

Hier standen Bücher von Dostojewski, Tolstoi, Goethe und Schiller. In dieser Wohnung lebte ganz sicher kein Computerfreak, denn dafür war die Wohnung zu ordentlich und seine Buchauswahl zu erlesen.

Falls dies wirklich seine Bücher waren und er sie gelesen hatte!

Da halfen wohl nur ein paar Kontrollfragen!

Zum Glück kannte sie jedes davon in- und auswendig.

„Möchtest du einen Kaffee oder lieber Tee?", fragte Chris aus der Küche.

„Dann lieber einen Tee! Kaffee hatte ich schon auf meinem Top! Was hast du denn da?", entgegnete sie ihm.

Chris erschien in der offenen Tür.

„Fruchttee, Kräutertee oder Grüntee!"

„Dann einen grünen Tee", erwiderte sie.

Er nickte und verschwand wieder in der Küche.

Sie zog eines der Bücher aus dem Regal, klappte es auf und schnell las sie sich an einer Stelle fest, die sie bereits vor Jahren fasziniert hatte. Dabei bemerkte sie nicht, dass Chris zu ihr trat und offenbar über ihre Schulter mitlas.

„Der Faust von Goethe", erzählte er und riss sie damit aus ihrem Lesevergnügen.

„Ja. Ich wollte auch immer wissen, was die Welt im Innersten zusammenhält", antwortete sie und klappte das Buch zu.

„Solange man dafür seine Seele nicht dem Teufel verkaufen muss", bemerkte er.

„Das hat Faust ja auch nicht!"

„Weil er schlau war und den Teufel ausgetrickst hatte", erwiderte er.

„Ausgetrickst würde ich es nicht nennen. Standhaft vielleicht", entgegnete sie ihm.

„Dein Tee", sagte er und zeigte zum Tisch vor dem Sofa, auf dem bereits zwei Tassen standen.

Mit dem Buch in der Hand setzte sie sich, kostete den Tee und es war ein wirklich guter Sencha aus Japan.

Ihr Geschmack war wohl auch noch ähnlich.

Bei Tee und Gebäck begann jetzt ein Gespräch über Faust, Goethe und Bücher im Allgemeinen.

Offenbar hatte Chris wirklich alle diese Werke in seinem Regal gelesen.

Der intellektuelle Disput wurde hitziger und schon bald vergaß sie, dass sie ihn eigentlich überwachen musste und mit jedem weiteren Wort würde das auch immer schwerer, aber sie kam nicht mehr von ihm fort.

Eine Kanne und zwei Bücher später piepste plötzlich ihr Handy, sie zuckte hoch, sah die Uhr im Display und sprang auf.

„In zehn Minuten fährt mein letzter Bus! Das schaffe ich doch niemals!", stieß sie gehetzt aus und wollte schon zur Tür rennen.

Aber etwas hielt sie jetzt hier zurück und so vergingen zwei weitere Minuten.

Damit war es jetzt endgültig zu spät und um nachts kurz vor Mitternacht mit der S-Bahn bis in den Vorort zu fahren und danach noch eine halbe Stunde durch die Dunkelheit zu gehen hatte sie keine Lust.

„Ach was. Da nehme ich eben ein Taxi", erklärte sie schließlich, zog ihr Handy heraus und bestellte das Auto.

Damit blieben ihr jetzt noch etwa zwanzig Minuten für den Abschied und der fiel ihr jetzt schon so unendlich schwer. Was sollte das erst noch werden?

„Ich gebe dir dein Top morgen Abend. Ich hänge das dann noch zum Trocknen auf", erzählte Chris.

„Morgen Abend, in dem kleinen Café?", fragte sie zurück.

„Ja, ich bin da etwa halb sechs dort", antwortet er.

Der Taxifahrer klingelte an der Tür und sie musste sich schließlich notgedrungen von ihm losreißen.

Auf dem Heimweg grübelte sie über diese Situation nach.

Jetzt erst hatte sie wieder einen klaren Kopf. Chris war ihr sehr sympathisch und das würde dann die Aufgabe wiederum schwerer machen.

Man musste die notwendige Distanz wahren können, um im richtigen Moment den kühlen Kopf zu behalten und nicht durch Emotionen von der Aufgabe abgehalten zu werden.

Zumindest hatte sie einen Teil des Auftrages bereits erfüllt, denn drei kleine Minikameras waren von ihr platziert worden: Eine im Café, eine weitere in seinem Hausflur und noch eine in seinem Bücherregal.

Damit konnte sie ihn erst einmal entsprechend überwachen und sie hatte Kontakt zu ihm aufgenommen, wenn auch anders, als sie es sich vorgestellt hatte.

Tief in sich hörte sie die Götter kichern. Das taten sie wohl immer, wenn ein kleiner Mensch hier unten einen Plan machte, der den Göttern nicht so wirklich ins Konzept passte.

Während das Taxi in die dunklen Außenbezirke der Großstadt rollte, dachte sie weiter unentwegt über das lange Gespräch mit Chris nach.

Fast fünf Stunden waren es gewesen und es hatte sich nur wie Minuten angefühlt.

Angenehm und gut war es gewesen.

Sehr gut sogar.

Sie zog das Handy aus der Tasche und prüfte ihre drei kleinen Minispione. Der Blickwinkel passte.

Natürlich war es gefährlich, die Kamera in seinen Bücherschrank zu stellen, aber sie hoffte, dass er sie nicht finden würde. Die Dinger waren extrem klein und speziell für ihre Mission gebaut worden, denn auch Shinobi mussten mit der Zeit gehen.

Sie blieb am Bild der letzten Kamera hängen und anstatt das Mobiltelefon jetzt abzuschalten, beobachtete sie den Mann.

Chris saß noch immer auf dem Sofa, trank Tee und las in dem Buch und sie konnte sich kaum noch von seinem Anblick lösen.

„Wir sind da", erzählte die Taxifahrerin von vorn und riss sie damit endgültig von dem Handybild los.

Schnell schaltete sie ab, zahlte und trat zu ihrem Haus hinüber.

Es würde eine kurze Nacht werden, denn sie musste in der Nähe der Wohnung sein, bevor Chris am Morgen sein Domizil wieder verließ.

Der mit der Kamera gekoppelte Bewegungsmelder würde ihr das Signal zum Aufbruch geben.

Vermutlich hatte Chris so einen typischen acht bis fünf Job und da würde sie sich ab sieben Uhr morgens irgendwo in der Nähe seiner Wohnung aufhalten.

Schnell packte sie alles zusammen, was sie für den nächsten Tag brauchen würde, bedankte sich bei den Göttern auf ihrem Hausaltar mit ei-

ner Verbeugung, ging unter die Dusche und rollte
sich auf dem Sofa der Oma zusammen.

Der Schlaf kam schnell und war leider traum-
los.

12. Kapitel

Ein Zwinkern des Schicksals

Stundenlang hatten sie einfach nur gequatscht, als hätten sie sich schon immer gekannt. Soeben war sie gegangen und Chris blickte auf den Tisch, auf dem noch all die Bücher lagen, über die sie geredet hatten. Von Goethes Faust waren sie zu Dostojewski und Tolstoi gekommen und zum Schluss bei Schiller gelandet.

Es hatte sich alles so gut angefühlt, wie damals, als er in der Schule im Buchclub gewesen war. Das war der einzige Ort gewesen, an dem er sich jemals gut gefühlt hatte.

Und Nele war wirklich schlau. Sie sah nicht nur äußerst attraktiv aus, sie hatte auch noch was im Kopf. Und zwar nicht nur Schminke und Kleidung, sondern ein so umfangreiches Wissen, dass sie sich beiden blendend verstanden hatten.

Hatte er vor ein paar Tagen noch gehofft, dass das Schicksal ihm eine Möglichkeit zur Kontaktaufnahme in die Hand geben würde, so hatte ihm die Schicksalsgöttin gerade mehr als auffällig zugezwinkert.

Langsam und Buch für Buch räumte er alles wieder in den großen Bücherschrank. Mit jedem der dicken Wälzer dachte er dabei unablässig an Nele.

Diese Frau faszinierte ihn, aber gleichzeitig hatte er auch Angst vor der Nähe zu ihr, denn was würde sein, wenn sie bemerkte, was für ein Tölpel er manchmal in Sachen Beziehung war?

Er hatte nur sehr wenig Erfahrung in der Beziehung zu anderen Mensch. Zu den Kollegen ging es, da wusste er, worum sich alles drehte und er konnte sich da immer noch auf das berufliche Terrain zurückziehen, wenn es brenzlig wurde, aber worauf wich er aus, wenn Nele etwas mehr Nähe wollte?

Er nahm ihre Tasse in die Hand und dachte erneut an sie. Fünf Stunden hatten sie fast ohne Unterbrechung geredet, gelacht und über Bücher erzählt.

Von sich oder von ihr hatten sie nicht gesprochen.

Nicht mal ihre Nummer hatte er abgefragt, wie ihm jetzt einfiel.

„Ich bin halt ein Depp!“, sagte er laut und räumte das Geschirr in die Küche.

Es war schon nach Mitternacht, als er von der Dusche zurück zu seinem Schlafzimmer ging und sich auf sein Bett setzte.

Am nächsten Abend würde er sie wiedertreffen, da er ja noch ihr Oberteil hatte und sie es sicherlich wiederhaben wollte.

Und was, wenn sie nicht kam?

Wo sollte er sie dann suchen? Eine von vielleicht einer viertel Million Frauen?

Das wäre in dieser Stadt völlig aussichtslos, zumal er vom Nachtleben in der Großstadt nicht den Hauch einer Ahnung hatte.

Er würde wohl noch einige Sitzungen bei seiner Psychotherapeutin brauchen, bis er für Nele bereit war.

Das bedeutete aber auch, dass er sie am nächsten Abend vorsichtshalber lieber nicht mit in seine Wohnung nehmen würde. Er musste erst mit sich selbst ins Reine kommen, bevor er auch nur in Erwägung ziehen konnte, sein Leben mit einem anderen Menschen zu teilen.

Aber das Zusammentreffen mit Nele hatte ihm gezeigt, dass er definitiv auf dem richtigen Weg war.

Nach der ersten Therapiesitzung trat schon so eine schöne Frau in sein Leben. Was geschah dann erst, wenn er mit seiner Vergangenheit und dem Kummer aufgeräumt hatte?

Eventuell gab ihm Nele ihre Nummer und er konnte später mit ihr telefonieren, wenn er dann so weit war.

Das klang nach einem ziemlich guten Plan!

Oder sollte er die Freundschaft zu Nele halten? Aber was kam dann? Konnte es irgendwann aus der Freundschaft eine Liebe geben, oder verbaute er sich damit vielleicht die Chance auf die ganz große Liebe? Das wäre wohl auch eine Frage für die Therapeutin!

Seufzend ließ er sich auf sein Bett fallen, blickte zur Decke und dachte praktisch unentwegt nur an diese wunderbare Frau. An ihr bezauberndes Lachen, die Erzählungen aus den Büchern und die angenehmen Gespräche.

Selbst wenn er die Augen schloss, hatte er sie noch vor sich. Ihre unbewussten Gesten, wenn sie sich in die Haare griff oder wie sie die Tasse hielt.

Nach nur ein paar Stunden schien ihm dies alles bereits so unglaublich vertraut zu sein.

Freundschaft würde da nicht funktionieren, denn er fühlte längst mehr für sie, aber er wusste nicht, was sie verspürt hatte.

Machte er sich da nur vollends zum Gespött, wenn er sie nach nur einem Abend fragte, ob sie seine Freundin sein wolle?

Und das noch dazu, wo er tief in sich empfand, dass da mehr als Freundschaft werden könnte. Und jetzt hörte er auch noch ihre Stimme in seinem Kopf, wie sie den Zauberlehrling vorgetragen hatte.

So würde er nicht in den Schlaf kommen. Und da war auch noch diese Ungewissheit, wie es in seinem Job weitergehen würde. Konnte er mit dieser schwebenden Frage im Kopf überhaupt für eine Partnerschaft bereit sein? Oder waren das alles nur Ausflüchte, die er suchte?

Wer konnte es ihm erklären? Die Mutter hätte es eventuell gekonnt, oder Ramona? Sie war irgendwie die einzige Frau, die er kannte.

Dann doch lieber die Therapeutin, denn wer wusste schon, was Ramona sich da eventuell zusammenreimen würde, wenn er sie über Frauen befragte.

Es konnte alles so schwierig sein, wenn man rein gar keine Ahnung hatte.

Allerdings wollte er diese Erfahrungen auch nicht mit Ramona sammeln, mit Nele liebend gern!

Mittlerweile war es früh um drei Uhr und noch immer kreisten seine Gedanken um die ihm eigentlich noch völlig fremde Frau.

Und da sein PC noch defekt war, hatte er auch nicht die Möglichkeit, sich mit dem Computerspiel abzulenken.

Eventuell traf auch alles wirklich so ein, wie es vorherbestimmt war.

Bisher hatte eines immer zum anderen geführt: Der Schlag auf den Kopf hatte ihn zur Therapeutin gebracht, durch den defekten PC war er ausgegangen, statt erneut nur die halbe Nacht vor dem Spiel zu sitzen und nur dadurch hatte er Nele getroffen.

Buchstäblich sogar.

Er stemmte sich aus dem Bett hoch und ging ins Bad. Ihr Top hing zum Trocknen auf der Stange der Dusche. Das war ein Teil von ihr gewesen und dieses bunte Kleidungsstück würde sie zu ihm zurückbringen.

Zumindest, damit er ihre Nummer erhalten konnte.

Alles andere würde sich danach ergeben.

Immerhin würde er es langsam angehen lassen. Er wollte sie nicht verschrecken und auch nicht verlieren, denn gerade hatte sie bereits ein kleines Stück seines Herzens in ihrer Hand.

13. Kapitel

Freunde?

Am Morgen hatte sie regelrecht am Display ihres Handys festgeklebt. In einem kleinen Park sitzend hatte sie beobachtet, wie Chris aufgestanden, danach ins Bad gegangen war und sich schließlich angezogen hatte.

Das hatte so irgendwas mit Voyeurismus zu tun, aber sie kam nicht umhin, ihn auch weiterhin zu bewundern.

Chris war zwar sportlich, aber nicht sehr durchtrainiert. Sein Bürojob ließ ihm wohl nicht viel Zeit, um irgendwo im Fitnesscenter herumzuhängen. Und wer gute Bücher las, der machte nicht so viel Sport.

Jedenfalls hatte er, seit er das Haus am Morgen verlassen hatte, einen Schatten. Zuerst hatte ihn eine blonde Frau in Jogginghose und mit Kopfhörern bewacht, die im Bus nur eine Reihe hinter ihm gesessen hatte, zum Mittag war sie dann mit einem roten Pferdeschwanz, Sommersprossen auf der Nase und einem ziemlich knappen Kleid an seinem Nebentisch gewesen und hatte dort mit leichtem englischen Akzent ihr Mittagessen bestellt, damit er sie nicht eventuell an der Stimme erkannte.

Auf seinem Heimweg war sie als müde und gestresste Bankkauffrau in seiner Nähe gewesen und gerade eben hatte sie sich schnell in der Toilette des kleinen Cafés wieder in die Nele verwandelt, die er vom Abend zuvor kannte.

Wie lange konnte sie das durchhalten, bis er dann doch Lunte roch? Fünf Tage möglicherweise, bestenfalls zehn und was dann?

In der Zwischenzeit, die sie am Tage irgendwo vor seinem Bürogebäude vertrödelt hatte, hatte sie sich über den zweiten Teil ihres Auftrages her gemach.

Es gab in der Stadt mehr als zwei Dutzend größere Bauvorhaben. Die Verstrickungen und Firmengeflechte machten das Baugewerbe ziemlich unübersichtlich. Subfirmen stellten andere Subfirmen an, die dann mitunter auch noch auf mehreren Baustellen gleichzeitig tätig waren.

Es war völlig verworren und in fünf Tagen ohne wirklich verwertbare Spur kaum ausreichend durchdringbar.

Allerdings war doch auch genau das der Punkt. Warum wusste sein Vater nicht, wer ihn da erpresste?

Das machte doch gar keinen Sinn.

Da gab es sicherlich ein Geheimnis hinter dem Ganzen und damit war der Mann jetzt die Spur, die sie ab dem nächsten Tag aufnehmen würde. Jeder Erpresser verriet doch den Grund seiner Erpressung. Oder sein Ziel. Sonst war das ganze Unterfangen doch völlig nutzlos!

Daher würde sie sich also ab dem nächsten Tag auf die Verbindungen des Mannes konzentrieren.

Allerdings wartete sie jetzt erst mal auf Chris. Und das schon eine geschlagene halbe Stunde, wie ihr ein Blick auf das Handydisplay verriet.

Was machte der nur da oben? Sie wusste, dass er in der Wohnung war.

War es nicht das Vorrecht der Frauen, ihr Gegenüber bei einem Date warten zu lassen?

Aber Moment, das war kein Date!

Wo kam jetzt dieser verrückte Gedanke her? Es war einfach nur ein unverbindliches Treffen zwischen zwei Freunden. Nichts sonst!

Sie schob die Idee beiseite, mit der Kamera zu schauen, was er da tat und blickte lieber so zu seinem Fenster hinauf.

Endlich erschien Chris vor der Haustür und kam dann mit schnellen Schritten zu ihr herüber.

„Hier, dein Top. Sauber und trocken", erklärte er, ohne sich setzen zu wollen.

Offenbar wollte er ihr nur das Kleidungsstück geben und danach sofort wieder verschwinden.

Er hatte noch nicht mal das Licht in seiner Wohnung ausgemacht! Gerade eben hatte sie noch auf eine Fortsetzung der Gespräche vom Abend zuvor gehofft, aber jetzt wollte er einfach so gehen!

82

Das durfte doch nicht sein!

Ein bisschen ärgerte sie sich darüber und obwohl sie in ihrem tiefsten Innersten wusste, dass es falsch war, hielt sie ihn auf.

„Du, Chris. Ich brauche einen neuen Laptop. Kennst du da jemanden, der mir einen guten PC für nicht allzu viel Geld verkaufen kann?"

Halb im Umdrehen blieb Chris stehen.

Wenn sie bisher mit ihrer Einschätzung nur ein bisschen richtig gelegen hatte, so würde er sicherlich darauf eingehen.

Und der gut platzierte Blick eines unschuldigen Welpen würde da sicherlich auch noch ein wenig helfen.

Er konnte gar nicht anders.

Kein Mann der Welt konnte da wirklich nein sagen! Das funktionierte ohne jedes Wort und sprach eine tief liegende Schicht im Unterbewusstsein an.

Auch das war ein Teil der langen Ausbildung, in der sie das bis zur Perfektion gelernt hatte. Sehr zum Leidwesen der Tante, die diesem Gesichtsausdruck bisher auch immer nur Sekundenbruchteile lang widerstehen konnte.

„Ich kenne da einen Kumpel. Ich hole nur schnell meine Jacke, dann gehen wir los", antwortete er folgerichtig.

Er eilte davon, sie zahle ihren Kaffee und wartete auf ihn.

Es dauerte keine drei Minuten, da stand er wieder vor ihr.

Sie hatte ihn an seiner Ehre als Computerexperte gepackt und da gab es wohl auch für ihn keinen Grund, an ihrem Wunsch zu zweifeln.

„Wofür brauchst du denn den Computer?“, fragte er sie, während sie die Straße entlang gingen.

„Für Recherchen im Internet. Ich schreibe einen Blog über Politik“, entgegnete sie ihm.

„Willst du auch Bilder bearbeiten? Oder Dokumente schreiben?“, erkundigte er sich schon mal im Vorfeld nach ihren Bedürfnissen.

„Nein. Eigentlich nicht“, gab sie ihm zurück.

Den Rest des ziemlich kurzen Weges gingen sie schweigend.

Offenbar war er nur innerhalb seiner vier Wände so gesprächig. Eine Schnecke in ihrem Haus, nur frei in ihrer sicheren Burg.

Nach nur drei Abbiegungen und gefühlt nicht einmal fünfhundert Metern standen sie an einem kleinen Laden für Computerzubehör.

Chris hielt ihr die Ladentür auf und sie trat ein.

Kurz blickte sie sich um. Es war wohl so der typische Laden, wo sich die Computerfreaks mit neuen Waffen versorgten. Nicht sehr ordentlich und aufgeräumt, aber hier schien es alles zu geben, was wohl nur im Entferntesten etwas mit Computern zu tun hatte.

„Hallo Chris. Dein neuer Tower ist morgen fertig. Die Platten sind gerade geliefert worden", begrüßte sie ein etwas älterer Bartträger mit einer Nickelbrille auf einer Stupsnase.

Das Bandshirt und die Frisur zeigten eindeutig, dass er mit seiner Nase vermutlich mehr zwischen Computergehäusen steckte, als irgendwo sonst.

Möglicherweise schlief er sogar hier in dem Laden. Und er ignorierte sie völlig. Wobei jetzt auch Chris mitmachte, denn statt sie vorzustellen, begannen die beiden Männer sofort über den neuen PC zu sprechen.

Gelangweilt blickte sie sich um und schlenderte zu den Regalen, aber sie wollte hier lieber nichts anfassen, denn das sah alles irgendwie klebrig und unsauber aus.

Ob es hier wohl wirklich einen Laptop für sie gab? Den brauchte sie nämlich wirklich für ihre Recherche. Das Handy versagte da gerade kläglich.

14. Kapitel

Die Sache mit der Maus

Eigentlich hatte er vorgehabt, Nele nur das Shirt zu geben und nach ihrer Nummer zu fragen, aber es war eben anders gekommen.

Den ganzen Tag war sie ihm bereits im Kopf umhergegangen. Schon in der Nacht hatte er ihretwegen nicht mal zwei Stunden geschlafen und dann hatte ihn am Tage alles irgendwie an sie erinnert.

Die Frau im Bus, oder die Frau, die beim Essen am Nachbartisch gesessen hatte und gelegentlich auch andere Frauen, die seinen Weg an diesem Tage gekreuzt hatten.

Das war ihm zuvor nicht aufgefallen, aber das war auch nur zu verständlich, denn er hatte Nele ja auch erst am Abend zuvor kennengelernt.

Doch es war schon seltsam, denn immer hatte ihn irgendetwas von ihnen an Nele erinnert und daher hatte er eigentlich diesen Abend dafür nutzen wollen, sich in Ruhe über sein ganzes Verhältnis zu ihr Gedanken zu machen.

War es freundschaftlich? Oder begann da noch mehr? Allerdings war eben auch mit ihr in der Nähe das rationale Bewerten dieser Situation so unglaublich schwer.

Und dennoch war ihre Frage, ob er ihr beim Computerkauf helfen konnte, etwas gewesen, was ihn sofort auf diesen Wunsch hatte umschwenken lassen.

Er konnte von sich behaupten, ein Experte zu sein und da stachelte ihre Frage wohl sein Wissen an.

Somit standen sie jetzt also in dem kleinen Laden seines Kumpels und da auch sein eigener PC gerade hier zur Reparatur war, begannen sie sofort zu fachsimpeln.

Er kannte Thomas schon ewig, obwohl sie nie wirklich Freunde gewesen waren. Thomas war in derselben Schule zwei Klassen über ihm gewesen, aber im Gegensatz zu allen anderen hatte er ihn nie schlecht behandelt.

Mit dem Beginn des Gespräches waren sie in ihrer eigenen Welt und tauschten sich darüber aus, was Thomas alles in den PC einbauen wollte, damit dieser die benötigte Leistung für das neue Computerspiel hatte.

Selbstverständlich würde das nicht billig werden, aber Thomas hatte die besten Beziehungen zur Gamerszene und wusste, was er wollte und was er dafür brauchen würde.

Irgendwann fiel ihm dann wieder ein, dass er ja eigentlich mit Nele hier war.

Er blickte sich zu ihr um und sie stand gelangweilt an einem Regal mit Bauteilen.

„Ähm, Thomas, meine Freundin Nele braucht einen Laptop zum Schreiben und fürs Internet. Kannst du ihr da was empfehlen, was nicht so teuer ist?“, fragte er und winkte Nele zu sich.

„Was soll es denn sein? Wir haben hier was in Rosa oder Silber. Frauen gehen ja meist zuerst nach der Farbe des Gehäuses und der Rest ergibt sich dann“, begann Thomas.

Nele hielt den Kopf ein wenig schief, zog eine Haarsträhne nach vorn und sagte: „Das hier ist von Natur aus so. Ich bin keine gefärbte Blondine!“

Thomas hob lächelnd die Hände und Nele beschrieb das, was sie haben wollte, ziemlich präzise.

Ihre Antwort und das Wissen gefielen ihm sehr. Nele war also nicht nur ziemlich kess und äußerst hübsch, sondern auch noch schlau und richtig schlagfertig.

Anscheinend hatten sie auch noch ähnliche Interessen und seine Sympathie für sie wuchs noch einmal ein Stück an, aber das machte die Sache mit der Entscheidung, was er von ihr wollte, für ihn nicht leichter.

Was würde kommen, wenn er sie jetzt als Kumpel sah?

Beim Spiel wusste man auch nicht, wer da auf der anderen Seite der Leitung saß. Gelegentlich hatte er schon mit Frauen gezockt und die waren ziemlich gnadenlos. Zumindest im Spiel!

Thomas kramte eine Weile in seinem Lager, dann brachte er drei verschiedene Modelle nach vorn, die zu Neles Beschreibung passen würden.

Sorgsam las sie die Beschreibungen auf den Kartons und entschied sich dann für das Model, dass preislich und leistungsmäßig in der Mitte lag.

Das wäre auch seine eigene Wahl gewesen und wieder waren sie sich insgeheim einige gewesen!

„Die Installation und Einrichtung geht ganz schnell. Das schaffen sie auch in zehn Minuten", erklärte Thomas.

„Weil ich eine Frau bin, meinen sie? Als Mann würde ich da also eine Stunde dafür brauchen?", gab sie ihm frech zurück.

Das wurde gerade so ein Geplänkel zwischen Nele und Thomas, das man auch in jedem Comic über Frauen und Computer hätte finden können.

Souverän parierte Nele jeden verbalen Hieb von Thomas.

Zuvor hatte sie noch auf dem Weg gefragt, was für einen PC sie brauchen würde und jetzt war sie ziemlich gut informiert.

Das hätte sie wohl auch ohne seine Hilfe problemlos lösen können, doch er genoss es jetzt geradezu, ihr einfach nur zuzuhören.

Sie kannte sich also nicht nur mit Büchern aus, sondern auch mit Computern.

„Ich brauche auch noch eine Tasche dafür. Was Einfaches, zum Umhängen“, erzählte sie.

„Ich habe mit meinem Rucksack eigentlich gute Erfahrungen gemacht. Es ist ein Ninja 600!“, entgegnete er ihr und zeigte zum Regal hinüber, an dem Thomas noch einige davon aufgehängt hatte.

Nele ging zum Regal und prüfte die Taschen. Sie nahm sich einen der Rücksäcke und hängte ihn sich um. Danach schüttelte sie den Kopf und erklärte: „Das ist nichts für mich, aber so etwas da könnte ich mir vorstellen!“

Dabei zog sie eine normale Umhängetasche mit Schulterriemen hervor und legte diese zu ihrem PC dazu.

„Damit hätte ich dann wohl alles. Oder?“, fragte sie und blickte sich noch im Laden um, als würde sie etwas suchen.

„Einen Drucker haben sie?“, erkundigte sich Thomas noch.

„Ähm, nein“, gab sie ihm zurück.

„Ich hätte da einen mobilen Drucker mit Batterie, den können sie dann auch an den Strand mitnehmen“, erklärte Thomas und holte den Karton.

„Damit ich dann so aussehe? Oder was?“, entgegnete sie und zeigte auf das Foto eines halbnackten Models, das Thomas hinter sich an die Wand gepinnt hatte und welches diese ziemlich

üppig bestückte Frau mit einem Laptop im Liege-
stuhl unter Palmen zeigte.

Er wurde sichtlich rot bei dieser Antwort.

Schließlich lächelte Thomas, nannte den Ge-
samtpreis und bemerkte noch: „Ich geben ihnen
noch eine Maus gratis dazu!“

„Womit muss ich die den füttern? Ich habe
keine Ahnung von der Haltung von Nagetieren“,
entgegnete Nele sonderbar ernst, während sie ihre
Geldbörse zog.

Thomas lachte schallend und erwiderte: „Der
war gut!“, als hätte er diesen Spruch nicht schon
hunderte Male zuvor gehört.

Das fiel wohl auch Nele auf, aber sie ging
nicht darauf ein.

Sie zahlte und sie verabschiedeten sich von
Thomas.

Gemeinsam schlenderten sie wieder zurück
und er wollte sich vor seinem Hause von ihr verabschieden, als sie ihn bat, bei der Installation zu
helfen.

Gerade eben hatte sie so schlagfertig und souverän in dem Laden reagiert und jetzt wollte sie
sich unbedingt helfen lassen?

Seine Entscheidung vom Abend wurde verworfen und er bat sie in die Wohnung.

Das würde ja auch nur ein paar Minuten dauern.

15. Kapitel

Männer und Frauen

Mit dem neuen Computer hatte sie natürlich das perfekte Mittel gefunden, dass Chris sie in seine Wohnung ließ und wie sie es schon vermutet hatte, war er in seinem geschützten Raum ein völlig anderer. Da steckte wohl ein tief sitzendes Trauma auch in ihm irgendwo fest und das lockte jetzt ihre frauliche Neugier geradezu hervor.

Obwohl das nicht zu ihrem Auftrag gehörte, wollte sie dieses Geheimnis jetzt ergründen und dazu bot sich der neue Laptop geradezu dafür an.

Wenngleich Thomas ihr gesagt hatte, dass die Installation und Inbetriebnahme nur einige Minuten dauern würde, stellte sie sich dermaßen unbeholfen an, dass nach neunzig Minuten endlich der Computer halbwegs lief.

Hatte sie in dem Laden noch den Profi gegeben, so war sie jetzt gerade die Anfängerin.

Obschon wohl ersteres mehr zutraf. Sicherlich war sie nicht so gut, wie Chris oder Thomas, aber doch deutlich geschickter, als sie gerade vorgab, denn selbst das Aufklappen des Laptops hatte zwei Minuten gedauert! Das Sortieren des Zubehörs dann noch einmal eine viertel Stunde!

Es war mehr als deutlich, und jeder, der sie sehen würde, hätte es bemerkt, dass sie den unweigerlich folgenden Abschied nur einfach willentlich hinauszögerte, aber Chris war so in seinen Vortrag vertieft, dass er es wohl auch nicht wahrnehmen würde, wenn jetzt ein Elefant an ihm vorbei durch die Stube getrabt wäre.

Es war eindeutig zu sehen, dass er mehr von PCs verstand, als von Menschen.

Einst war sie wohl auch so gewesen. Damals, als sie frisch nach Japan gekommen war. Da hatte sie sich auch unter fremden Menschen irgendwie fehl am Platze gefühlt und sich aufs sichere Terrain von Computerspielen zurückgezogen, aber es war mit der Zeit besser geworden.

Offensichtlich hatte sich Chris nie seinem Problem gestellt, sondern war einfach in die Welt der Computer eingetaucht.

„Hast du auch was zu essen hier? Ich bekomme gerade richtig Hunger?“, fragte sie ihn und unterbrach ihn damit bei einer Erklärung, was besser an einer SSD war, als an einer HDD.

„Ähm, ich könnte eine Pizza bestellen. Mein Kühlschrank ist gerade ziemlich leer. Ich wollte eigentlich heute Abend noch einkaufen gehen, aber jetzt sind schon alle Läden geschlossen“, entgegnete er, als er auf die Uhr sah.

Es war schon wieder nach 22 Uhr geworden!

„Pizza klingt gut", gab sie ihm zurück und griff sich die Bedienungsanleitung ihres neuen Laptops.

„Irgendwas Spezielles?", befragte Chris sie und griff bereits zu seinem Handy.

„Nein", gab sie zurück und er bestellte zwei Zahlen, von dem sie nicht wusste, was sie wohl bedeuteten.

Aber so konnte sie auch noch etwas über seine Geschmacksrichtung herausbekommen.

Sie handelte wohl gerade wie ein Profiler, der sämtliche verfügbaren Informationen sammelt und danach alle Puzzleteile zusammensetzte, bis er das ganze Bild vor sich hatte.

Und im gewissen Sinne beruhe ihre Mission ja auch auf diesem Prinzip.

Während sie auf die Pizza wartete, und Chris etwas von den Vorteilen ihres neuen Computers erzählte, schweifte ihr Blick umher.

Am Vorabend hatte sie zwar bereits kurz die Wohnung inspiziert, doch jetzt bot sich dieser Moment geradezu dafür an.

Hier stand nur ein einziges Bild und das zeigte ihn wohl mit seiner Mutter. Sonst war dieser Raum wirklich völlig steril. Die Bücher und das Bild waren das einzige, was dieses Zimmer von einem Ausstellungsmuster in einem Möbelhaus unterschied.

Vielleicht boten die anderen Räume da etwas mehr Anhaltspunkte?

Erst einmal die Küche!

„Hast du noch Bier im Kühlschrank?", fragte sie ihn, obwohl er ja schon gesagt hatte, dass der Kühlschrank leer war, aber Männer hatten immer Bier m Hause!

„Nein, aber da ist noch ein Tetrapak mit Orangensaft in der Küche. Ich kann ihn dir holen", antwortete er.

„Ach nein. Den hole ich mir selbst!", sagte sie und erhob sich vom Sofa.

„Im Schrank unten, gleich rechts neben der Tür", erklärte er und natürlich begann sie, absichtlich ganz die schusselige Frau spielend, im Schrank ganz links.

„Das andere rechts!", rief er ihr zu.

Offenbar hatte er doch gelegentlich mit Frauen zu tun!

„Und Gläser?", fragte sie zurück.

„Im Hängeschrank in der Mitte. Über der Spüle", erwiderte er.

Es klingelte und der Pizzamann brachte die beiden Schachteln.

Sie nahm die beiden Gläser, goss Saft hinein und trug diese dann zum Sofa.

„Was hast du denn bestellt?", fragte sie und klappte neugierig die erste Schachtel auf.

„Hawaii und extra Käse", entgegnete er.

„Das sind auch meine beiden Lieblingspizzen", gab sie erfreut zu.

Ihr Geschmack bei Essen glich wohl dem bei den Büchern.

„Dann jeder eine Halbe von jeder?", begann er und holte das Messer aus der Küche.

Pizza abends nach um zehn war nicht wirklich das, was ein Ernährungsberater empfehlen würde, aber das tat dem Genuss keinen Abbruch.

Und natürlich war es unvermeidbar, dass ein Teil der Tomaten-Käse-Ananas Mischung auf ihrem Kleid landete.

Aber zum Glück war das Top jetzt wieder sauber und damit bot sich ihr auch die Gelegenheit, am nächsten Abend den Besuch zu wiederholen.

Oder sollte sie die Nacht hier bleiben?

Es war eine verrückte Idee, die da gerade durch ihren Kopf sauste und der Verstand wollte es am liebsten gleich wieder auslöschen, aber da war dieser kleine Zweifel in ihrem Herzen.

Wenn jetzt das Top auch noch ruiniert wäre, dann würde sie keinerlei Wechselwäsche mehr haben. Bis auf die Sachen im Rucksack, in denen sie Chris ja den Tag über verfolgt hatte.

„Ich gehe mich mal schnell umziehen", erklärte sie nach der Pizza und verschwand im Badezimmer, welches sie dadurch ebenfalls sorgsam inspizieren konnte.

Der Waschraum war wirklich viel zu sauber für einen Mann, aber es gab hier nur eine Zahnbürste und nichts von seinen Hygieneprodukten ließ auch nur ansatzweise auf eine Frau als Übernachtungsgast schließen. Gelegentlich ließen Frauen doch auch mal etwas zurück, selbst dann, wenn sie nur zufällig zu Besuch waren.

Das war wohl so eine unbewusste Art, um Besitzansprüche anzumelden und sich für eine Rückkehr die Tür offenzuhalten, doch hier deutete nichts darauf hin, dass er Frauen in die Wohnung ließ. Sie jetzt mal davon ausgenommen!

Flugs zog sie sich um und ging wenig später mit dem Top und einer kurzen Hose am Leib zu ihm zurück.

Und obwohl sie den verrückten Gedanken bereits verworfen hatte, war es wohl trotzdem seiner Schusseligkeit geschuldet, dass sich anschließend auch noch der Orangensaft über ihr Top ergoss.

Somit trug sie danach abermals eines seiner T-Shirts.

Noch hatte sie ihn nicht gefragt, ob sie bleiben durfte, aber hier würde vielleicht damit für sie auch die Möglichkeit bestehen, bei Chris ein paar Puzzleteile über seinen Vater zu erfahren.

Wenn noch etwas Wein im Hause war, der dann seine Zunge lockerte.

Und schon hörte sie sich auch noch fragen: „So ohne Wein schmeckt Pizza eigentlich etwas komisch. Oder?"

„Na ja, die Pizza ist ja eigentlich auch schon alle. Und Rotwein macht ziemlich gemeine Flecken", entgegnete er und spielte damit wohl auf ihr Missgeschick an, wobei er ja für den Saft und den Kaffee verantwortlich war.

Damit stand es beim Bekleckern eigentlich zwei zu eins für ihn.

Sollte sie abermals diesen Welpenblick versuchen? Oder lenkte er von selbst ein und sie durfte bleiben?

16. Kapitel

Söhne und Väter

Ein Wort von ihr über seinen Vater und er hatte sie beinahe aus der Wohnung geworfen. Schnell hatte er sie verabschiedet und es ein paar Minuten später auch schon wieder bereut.

Der Abend war eigentlich sehr schön gewesen. Zuerst hatten sie ihren PC flott gemacht, dann zusammen gegessen und es war mehr als deutlich gewesen, dass sie sich absichtlich bekleckert hatte.

Sie hatte es ganz offensichtlich darauf abgesehen, hier zu übernachten, aber er fühlte sich noch nicht bereit dafür.

Oder eventuell doch?

Er fühlte sich zu Nele hingezogen, aber er konnte es noch nicht zeigen.

Und dann hatte ein einziges Wort genügt, um ihm diesen Abend zu verderben.

Eine kurze Frage, die man ja jedem Menschen zubilligen konnte. Er hätte einfach antworten können und ihr damit erklären, was ihn mit seinem Vater verband. Oder eben auch nicht.

Es wäre so einfach gewesen und dennoch hatte er es nicht übers Herz gebracht, über sein ziemlich gestörtes Verhältnis zu seinem Vater mit ihr zu reden. Sie allerdings aus der Wohnung zu werfen, war ihm gelungen. Und er schämte sich jetzt dafür. Grübelnd war er auf dem Sofa geblieben.

Was stimmte da eigentlich nicht mit ihm?

War das immer noch eine Nachwirkung des Verhaltens seines Vaters?

Vermutlich.

Da steckte wohl noch ein großer Stachel tief in ihm und dabei hatte er doch gedacht, dieses Thema hinter sich gelassen zu haben.

Chris blickte zum Foto der Mutter, denn bei diesem Bild hatte ihn Nele gefragt, wo sein Vater war und er war innerlich explodiert.

All dieser aufgestaute und tief in seiner Seele verborgene Ärger war nach oben gekommen.

Er erhob sich, ging zu dem Schränkchen, nahm das Bild in die Hand und seine Gedanken flogen zurück zu jenem Tage, an dem sie dieses Foto aufgenommen hatten. Es war der erste Tag gewesen, an dem die Mutter wirklich über die Trennung hinweggekommen war.

Alles hatte an jenem Tag begonnen, als der Vater ihnen verkündet hatte, dass er erneut heiraten wollte. Da war er gerade mal zwölf gewesen und die Mutter nach dieser Ankündigung aus heiterem Himmel am Boden zerstört.

Der Vater hatte einfach seine Sachen gepackt und war ausgezogen.

Liebevoll und ein wenig traurig strich er über das Bild. Mutter war daraufhin in ihrem Kummer alleine mit ihm zurückgeblieben und er hatte sie auffangen müssen.

Für seinen eigenen Zorn, den Kummer und den Schmerz war da einfach kein Platz gewesen.

Danach kamen zwei Jahre, in denen die Mutter Stück für Stück wieder zur alten Sicherheit und Stärke zurückgefunden hatte und dann hatte es nicht lange gedauert, bis sie diese niederschmetternde Diagnose bekommen hatte.

Der Krebs hatte kein halbes Jahr nach dem Beginn der Behandlung gebraucht, um sie zu holen.

Vielleicht hatte die Mutter einfach den Kampfgeist verloren und auch das war nur die Schuld des Vaters!

Zwar hatte er weiter den Unterhalt bezahlt und ihnen diese Eigentumswohnung überlassen, aber er hatte sich nie wieder sehen lassen.

Selbst bei der Beerdigung war er völlig auf sich alleine gestellt gewesen. Mit nicht mal fünfzehn Jahren!

Und schließlich war er dann einfach vom Jugendamt in ein Heim gesteckt worden. Niemand war da gewesen, der sich für ihn interessiert hatte. Und die Erzieher waren nicht an ihn herangekommen.

Eventuell hätte er sich ihnen öffnen sollen, damit es besser wurde, aber damals war er einfach noch nicht so weit gewesen, das zu erkennen.

Jetzt war er es. Möglicherweise.

Bei Nele konnte er sich öffnen.

Zumindest ein Stück, aber das Eis war brüchig, wie sein Ausraster gerade eben ihm deutlich vor Augen geführt hatte.

Die Zeit bis zu seinem 18. Geburtstag war jedenfalls nicht leicht gewesen. War er zuvor schon verschlossen, so war nach Mutters Tod nichts mehr, wie es zuvor gewesen war.

Und jetzt hatte ein Wort gereicht, um den Kummer der letzten zehn Jahre nach oben zu wühlen.

Er würde sich beim nächsten Mal bei Nele für sein Verhalten entschuldigen müssen, denn sie konnte ja nichts dafür, aber sie erinnerte ihn jedes Mal mehr an seine eigene Mutter. Auch sie hatte bis zu jenem verhängnisvollen Tage einen solchen Kampfgeist bewiesen, den er auch in Neles Augen sah.

Doch mit seinem Auszug hatte der Vater sie beide zerbrochen und bis gerade eben war ihm nicht wirklich bewusst gewesen, wie tief dieser Riss in ihm war.

Vorsichtig stellte er das Bild zurück, ging zum Fenster und blickte in die Nacht hinaus.

Abermals sausten seine Gedanken zurück. Im Heim war er dann erst recht der Außenseiter gewesen. Schon zuvor hatte er mehr Zeit mit Büchern verbracht, als draußen beim Fußball.

Dafür war er bereits zuvor in der Schule regelrecht gemobbt worden, doch im Heim war das dann nur noch einmal um ein Vielfaches schlimmer gewesen.

Und er hatte niemanden mehr gehabt, dem er sich damals anvertrauen konnte. Diese paar Jahre in dem Heim hatten ihn wohl noch zusätzlich etwas menschenscheu gemacht.

Erst Nele war es gelungen, irgendwie zu ihm durchzudringen.

Nach nur zwei Abenden hatte er sie bereits irgendwie ins Herz geschlossen.

Er zog die Vorhänge zu und blickte wieder zu dem Bild. Was wusste er von seinem Vater seit jenem Tag? Nur das, was in der Zeitung gestanden hatte, denn die Verbindung zu ihm war vollständig zerbrochen.

Der Vater hatte zwar vor ein paar Monaten versucht, wieder Kontakt aufzunehmen, aber er war wohl noch immer nicht über dessen Verrat hinweg.

Grübelnd ging er durch den Raum.

Letztens stand in der Zeitung, dass er jetzt am Rande der Stadt ein schmuckes Häuschen hatte. Er hatte diesem Boulevardblatt eine Homestory gegeben, vermutlich um für seinen Wahlkampf Werbung zu machen.

Vater war schon immer Politiker durch und durch und das hatte wohl auch die Ehe zerrüttet.

Er war mehr im Büro gewesen, als zu Hause und da war es wohl nur zu klar gewesen, dass er schließlich eine Affäre mit einer Bürokraft angefangen hatte.

Schließlich war er eben auch mehr bei ihr gewesen, als bei ihnen.

Und jetzt waren die anderen beiden verheiratet, hatten zwei kleine Kinder, Sofie und Ben, die wohl bald in die Schule kommen würden.

Chris hatte von seinen beiden Halbgeschwistern erst aus der Zeitung erfahren und dort auch ihre Bilder gesehen.

Irgendwo lag doch noch der Brief des Vaters. Ungeöffnet!

Möglicherweise war jetzt der Zeitpunkt gekommen, um die Zeilen zu lesen. Oder würde ihn das zu sehr aufregen?

Momentan war er alleine, was konnte also passieren?

Chris kramte den Brief hervor, setzte sich damit auf sein Bett und überlegte, ob er sich das wirklich antun wollte.

Doch es musste sein!

Langsam öffnete er den Umschlag und faltete das Blatt auseinander.

17. Kapitel

Erste Spuren?

Sie erwachte in ihrem eigenen Bett. Selbst ihr so sorgfältig geschulter Blick hatte am Vorabend nicht gereicht, um Chris von seinem Ansinnen abzubringen und ihr damit die Chance verwehrt, von ihm mehr über seinen Vater zu erfahren.

Er hatte ihr ein Taxi gerufen und sie einfach eiskalt abgeschoben.

Das war völlig undenkbar gewesen und sie hatte die ganze Fahrt lang fassungslos mit dem Kopf geschüttelt.

Niemand auf der Welt konnte doch dem widerstehen, was sie in all den Jahren gelernt hatte.

Keiner!

Chris hatte es gekonnt und das weckte jetzt natürlich notgedrungen ihren Kampfgeist.

Und hatte sie am Abend zuvor einfach nur den Versuch wagen wollen, seinen Panzer zu knacken, so bestand im Moment ihre ganze Mission einfach nur noch darin, herauszufinden, wie ihr das gelang.

Ihr Ehrgeiz war damit geweckt und würde wohl nicht eher ruhen, bevor sie nicht eine Nacht in seiner Wohnung bleiben durfte.

Der neue Tag begann gerade und noch immer grübelte sie darüber nach, was sie falsch gemacht hatte.

Beim Kauf des PCs hatte dieser wehmütige Blick doch fabelhaft funktioniert, warum dann nicht auch in der Nacht?

Das galt es jetzt zu ergründen.

Zusätzlich musste sie auch noch herausbekommen, was sein Vater verschwieg und dazu kam der neue und schnelle Rechner gerade recht.

Der stand jetzt auf dem Tisch neben dem Sofa.

Nele hatte beschlossen, an diesem Tage Chris mal nicht zu verfolgen, sondern sich einer ausführlichen Recherche rund um dessen Vater zu widmen und da gab es sicher einiges abzuklopfen.

Die Klatschpresse nahm doch immer sofort jeden ihr hingeworfenen Brocken auf, wenn es um Politiker oder Prominente ging.

Damit sollte es doch nicht so schwer sein, einen Zipfel in die Hand zu bekommen, denn so sorgsam verwischte heutzutage niemand mehr seine Spuren.

Aber zuerst kam die Dusche.

Nele lief nackt ins Bad und setzte sich unter die Brause.

Seltsamerweise fiel ihr jetzt ein, dass Chris am Tage zuvor in seiner eigenen Wohnung ein Handtuch um seinen Unterleib geschlungen hatte.

Wer machte denn so etwas, wenn er in seinen eigenen vier Wänden war und wusste, dass von draußen keiner hereinblicken konnte?

Noch eine Frage, die einer Klärung bedurfte.

Mit einem Handtuch um den Kopf, und mit nichts sonst am Leib, ging sie zurück in ihre Schlafstube und der Spiegel am Schrank warf ihr Bild zurück.

Nele drehte sich davon hin und her. Zwar war sie durch das Training stark und gewandt geworden, aber der Onkel hatte immer peinlich darauf geachtet, dass sie dabei dennoch ihre fraulichen Kurven behielt, denn das machte das Geschäft mitunter etwas leichter.

In den letzten Jahren waren ihr diese Inspektionen gelegentlich etwas unangenehm gewesen, aber sie waren fast täglich beide in der Quelle oben an ihrem Berg geschwommen und da zog man sich nun mal eben einfach aus.

Als Shinobi durfte einem nichts peinlich sein und auch das war eine Lehre aus ihrer Anfangszeit in Japan gewesen.

Während sie sich langsam anzog, dachte sie an diese Zeit zurück. Sie hatte manchmal die blödesten Sachen machen müssen, und zwar ohne dabei eine Miene zu verziehen.

Wenig später saß sie mit einer wundervoll duftenden Schale ihres Lieblingstees vor ihrem Laptop und begann Spuren zu finden.

Je tiefer sie aber wühlte, desto auffälliger war, dass offenbar nicht eine einzige negative Bemerkung zu dem Mann zu finden war.

Nichts!

Und das war so auffallend seltsam, dass es schon fast ein Fingerzeig war. Über andere Politiker schrieb die Presse bei Saufgelagen, fügte Partybilder bei oder verbreitete offenbar völlig haltlose Gerüchte.

Und bei dem Vater von Chris gab es nichts!

Nicht mal eine unbezahlte Rechnung beim Falschparken.

Da hielt offensichtlich seit Jahren jemand sehr mächtiges im Hintergrund seine Hand über ihn.

Und was war jetzt geschehen? Hatte er es gewagt, die Hand zu beißen, die ihn beschützte?

Anders war das Ganze wohl kaum zu verstehen.

Nur, womit hatte er diesen Zorn hervorgerufen?

Sie suchte verbissen danach, fand allerdings auch weiterhin keine Spur!

Und noch etwas war auffällig, aber das hatte nichts mit ihrer Suche zu tun, sondern mit ihr selbst, denn immer wieder schweiften ihre Gedanken bei der Recherche zu Chris ab!

Was war es eigentlich, was sie an ihm so verwirrte oder faszinierte?

Die Zurückweisung alleine konnte es kaum sein!

Nele lehnte sich zurück, blickte zum Altar hinüber und es schien ihr so, als ob einer der beiden Torwächter ihr gerade zugezwinkert hätte.

Noch einmal gingen ihre Gedanken zum Anfang ihrer Ausbildung zurück.

Als sie dieses Haus verlassen hatte, war sie zwölf Jahre alt gewesen und zu diesem Zeitpunkt hatte sie noch mit Bären und Puppen gespielt, Jungs waren damals noch blöd gewesen.

In der Pubertät war sie in Japan und so in ihrer Ausbildung eingebunden, dass da das andere Geschlecht keine Rolle gespielt hatte.

Noch nicht mal ihr eigenes!

Sie hatte alles gelernt und war auch zu einer klassischen Geisha ausgebildet worden, aber zu einer der oberen Gruppe. Zu einer, die ihre Gäste bewirten und unterhalten konnte. Nicht zu einer der niederen Gruppe, die nur besser ausgebildete Huren waren.

Vom Sex kannte sie nur das theoretische Wissen, dass ihr die Tante beigebracht hatte.

Und so war es bis heute!

Mit Chris war der erste Mann in ihr Leben getreten. Spielten da Hormone oder Pheromone eine Rolle?

Möglicherweise!

Nele zwang sich regelrecht zur weiteren Nachforschung, bevor ihre Gedanken in die Tiefen ihrer Seele abgleiten konnten.

Sie suchte ein Bild des Mannes, das ihn hinter seinem Schreibtisch zeigte, zog es ganz groß und forschte darauf nach Anhaltspunkten für ihren Verdacht, aber der Platz machte einen sauberen und aufgeräumten Eindruck.

Der Pressetermin war sicherlich lange bekannt gewesen, bevor dieses Foto aufgenommen wurde.

Was befand sich dort?

Aufmerksam sondierte sie das Bild. Sie erblickte darauf eine Fotografie, welche man aber nicht richtig sehen konnte. Erst mit extremer Vergrößerung war er darauf etwas unscharf mit einer Frau und zwei kleinen Kindern zu sehen. Die waren sicher noch nicht mal in der Schule und keines davon schien Chris zu sein.

Offenbar hatte er jetzt eine neue Familie!

Und was war da noch zu finden?

Stifte, ein paar Papiere und eine kleine Statue.

Im größer ziehen erkannte sie diese Figur. Deren Vorbild aus Bronze stand hier irgendwo Lebensgroß in der Innenstadt und sollte daran erinnern, dass Goethe einst hier studiert hatte.

Natürlich passte diese Miniaturskulptur auf den Schreibtisch eines Baudezernenten, aber es war eben auch die Gestalt des Mephistos, die mit Faust dort stand.

Und bezeichnenderweise hatten die Götter ihr auch noch dieses Buch bei Chris in die Hände gespielt.

Es konnte allerdings ebenfalls der Hinweis auf einen Pakt mit dem Bösen sein und damit auch dafür, das niemals zu vergessen.

Wenn dem so war, dann konnte das möglicherweise die gesuchte Spur sein.

18. Kapitel

Zwei erste Schritte

Die halbe Nacht hatte Chris mit dem Brief auf seinem Bett gesessen. Es waren gar nicht mal so viele Zeilen gewesen, die der Vater als erste Kontaktaufnahme nach mehr als fünfzehn Jahren an ihn abgesendet hatte.

Vermutlich sollte es wohl so etwas wie ein Vorfühlen sein, ob er überhaupt Interesse an einer Verabredung hätte und wo sie sich dazu treffen könnten.

Fast ein halbes Jahr lag der Brief bereits ungeöffnet in der Schublade, doch warum hatte er ihn damals nicht sofort fortgeworfen, sondern sorgfältig verwahrt?

Eventuell war in ihm damals so eine Hoffnung gewesen, dass genau das hier drin gestanden hätte, was er jetzt gelesen hatte.

Es würde wohl Zeit, sich der Vergangenheit zu stellen, auch die Seite des Vaters zu sehen und seine Meinung zu hören, aber zuvor musste er unbedingt mit Nele reden und sich bei ihr für sein Verhalten entschuldigen.

Und das schob er jetzt schon den halben Tag vor sich her.

Es ging schon langsam auf die Mittagspause zu und er war permanent mit seinen Gedanken bei seinem Vater und Nele.

Zum Glück waren auch an diesem Tage nur das Sortieren von Aktenordnern sowie das Aufräumen in zwei Projekten angesagt und dabei musste man nicht wirklich zu 100 % bei der Sache sein.

Und abermals erkannte er, dass er in dieser Firma wohl auch keine Zukunft hatte, wenn sich hier in den nächsten Tagen oder Wochen nicht etwas Gravierendes änderte.

Das wäre dann wohl die nächste Baustelle, die sich vor ihm auftat.

Bevor er den Vater kontaktieren würde, musste er allerdings mit Nele reden, denn irgendwie lag ihm an ihr bereits nach den paar Momenten mehr, als ihm jemals an seinem Vater gelegen hatte.

Das war wohl auch ziemlich bezeichnend.

Er beschloss, die Abfolge seiner nächsten Tätigkeiten in dieser Reihenfolge zu erledigen: zuerst Nele, dann der Vater und schließlich der Job!

Damit überlegte er als nächstes, was er mit Nele unternehmen konnte, denn eine Entschuldigung mit einem Bier in der kleinen Bar schien ihm nicht angemessen.

Aber hatte nicht einer der Kollegen in der vergangenen Woche etwas von einem kleinen romantischen Lokal an einem der Kanäle in der Stadt erzählt?

Im Internet fand er schnell die Adresse, rief dort an und zufälligerweise hatte für den Abend auch gerade ein Pärchen abgesagt, womit ein Tisch frei war.

Es schien eine Art von höherer Fügung zu sein, denn sonst musste man wochenlang auf einen freien Platz warten.

Sofort sagte er zu, obwohl Nele seiner Einladung ja noch gar nicht zugestimmt hatte, aber er war sich ganz sicher, dass sie bestimmt annehmen würde.

Ein lauer Abend im Mai an einem Kanal im Sternenlicht, was konnte es schöneres geben. Und romantischeres!

Gerade fiel ihm dabei auf, dass er das gerade auch aus der Sicht einer Frau betrachtet hatte. Vermutlich kam da der Einfluss seiner Mutter wieder durch.

Und abermals haderte er mit der Entscheidung des Vaters, doch er würde sich seine Erklärung wenigstens anhören.

Die Zeiger der Uhr im Büro sprangen auf 12:00 und er konnte es dieses Mal kaum erwarten, aus dem Büro zu kommen.

Schon auf dem Weg zum Essen wählte er Neles Nummer.

Schnell entschuldigte er sich bei ihr und lud sie dann zum Essen am Abend ein.

Nach einem Moment des Zauderns sagte sie dann zu und fragte, wohin es gehen würde. Da er dies ja auch nicht genau wusste, erzählte er ihr etwas von einem Restaurant mit Freisitz und hoffte dann, dass die gewählte Lokalität auch das hielt, was er sich davon erwartete.

Jedenfalls waren die Bilder im Internet ansprechend gewesen.

Damit konnte es ihm eigentlich nicht mehr schnell genug gehen, dass der Arbeitstag zu seinem Ende kam, doch wie immer, wenn man sehnlichst auf etwas wartete, ging es nur noch langsamer.

Zwei überaus langweilige und nervtötende Meetings folgten an diesem Tage noch.

Und mit jeder Minute, die er zuhörte, verschob sich gerade die Priorität der Liste, zuerst Nele, dann der Job und schließlich erst danach sein Vater!

Dieses Kaspertheater hier würde er keinen Monat mehr aushalten.

Dann schon lieber irgendwo selbständig, mit dem, was er konnte. Hier schätzte man seine Fähigkeiten überhaupt nicht.

Umso mehr freute er sich daher auf den Abend und auf das Treffen mit Nele.

Möglicherweise hatte er bei ihr das Glück gefunden, das er nie zu suchen gewagt hatte.

Vielleicht aus Furcht davor, zurückgewiesen zu werden?

Das konnte sein, aber bei Nele hatte er dieses Gefühl nie gehabt.

Jetzt sprang sein Blick zu Ramona, denn die junge Frau hatte schon oft versucht, ihm näherzukommen und das Outfit, dass sie gelegentlich trug, sprach auch dafür, dass er bei ihr hätte landen können.

Seltsamerweise hatte er bei ihr nie den Eindruck gehabt, dass es klappen konnte. Er kannte sie schon einige Jahre, und Nele erst ein paar Tage.

Ramona spielte mit ihrem Haar und lächelte versonnen in seine Richtung.

Offenbar war auch sie gelangweilt vom Vortrag ihres Chefs. Und vielleicht hatte sie auch zuvor sein Telefonat gehört, mit dem er den Tisch für den Abend bestellt hatte, denn ihre beiden Schreibtische standen ja nebeneinander.

Machte sie sich gerade Hoffnungen, dass er sie dorthin einladen wollte? Ihre Körperhaltung sprach momentan irgendwie dafür.

Sie ließ den Stift zu Boden fallen und beugte sich danach, wobei sie ihn tief in ihren mehr als offenen Ausschnitt blicken ließ.

Das sah so wie ein letzter, verzweifelter Versuch aus!

Sie war hübsch und auch sehr attraktiv, wenn man so wollte, sogar mehr, als Nele, aber dennoch sprang da kein Funken über.

Als Freunde vielleicht, aber für mehr würde das nie reichen.

Das Meeting endete und alle atmeten erleichtert auf.

Es war schon seltsam und irgendwie bezeichnend, dass er offensichtlich gerade nicht der einzige gewesen war, den das Thema gelangweilt hatte.

Alle verließen beinahe fluchtartig den Beratungsraum und stürzten sich für die letzten Minuten noch in die Arbeit.

Die letzte halbe Stunde verging so unglaublich langsam und Ramona verstärkte jetzt auch noch ihre Versuche, den zweiten Stuhl im Restaurant zu erobern.

Mit einer Ausrede wimmelte er sie schließlich ab, was aber eigentlich auch nicht richtig war, denn so machte sie sich vielleicht auch weiterhin noch falsche Hoffnungen, aber für lange Diskussionen mit ihr hatte er jetzt keinen Nerv.

Es zog ihn gegenwärtig alles zu Nele.

So schnell, wie es nur ging, machte er sich auf den Heimweg.

In der kleinen Bar wartete sie bereits auf ihn und sie war umwerfend schön!

19. Kapitel

Ein Date?

Über fünf Stunden lang hatte Nele intensiv recherchiert, um alles zu entdecken, was über Chris' Vater nur zu finden war. So intensiv und gründlich hatte sich wohl noch nie jemand zuvor mit dem aufstrebenden Politiker befasst und auch den Onkel hatte sie zu ihm befragt, denn schließlich hatten die beiden ja zusammen studiert.

In der Zeit hatte sie Chris schon fast vergessen, als sein Anruf sie aus der Arbeit schreckte.

Er entschuldigte sich für sein Verhalten vom Abend zuvor und lud sie als Wiedergutmachung zu einem Besuch in ein kleines Restaurant ein.

War das die Gelegenheit, die Recherchen zu vertiefen? Oder um Chris näherzukommen?

Eventuell beides!

Sie sagte nach einem Moment zu und vertiefte sich danach wieder in ihre Nachforschungen.

Eine Information nach der anderen, eine Internetseite nach der nächsten durchwühlte sie, aber es war schon mehr als seltsam, denn wenn das alles so stimmte, was sie bisher gefunden hatte, dann war das die sauberste Weste, die jemals ein Politiker gehabt hatte.

Da gab es nichts, bis auf die Trennung von Chris' Mutter vor ein paar Jahren und eventuell kam daher dessen Abneigung seinem Vater gegenüber.

Hätte sie das schon einen Tag eher gewusst, dann hätte sie die Frage nach seiner Familie nicht gestellt.

Doch ansonsten führte der Mann ein ganz normales Leben, wie das als Mensch in der Öffentlichkeit eben ging.

Er hatte eine reizende Frau, zwei kleine Kinder und wohnte in einem Reihenhaus am anderen Ende der Stadt.

Das Haus und seine Familie sahen wie aus dem Bilderbuch aus und auch nach stundenlanger intensiver Recherche war da nicht der Hauch einer Schwachstelle zu finden und dennoch musste es diese geben.

Warum hatte er sonst wohl ihren Onkel über den Anschlag auf Chris und die damit verbundene Erpressung informiert und nicht die Polizei?

So etwas machte man nur, wenn nichts an die Oberfläche kommen sollte und genau das war doch auch das Wichtigste in diesen kriminellen Clanstrukturen: Verschwiegenheit und Loyalität!

Hatte er gegen einen dieser Grundsätze verstoßen?

Was war in den letzten Wochen geschehen?

Sie prüfte das Datum der jeweiligen Veröffentlichungen und legte danach die ausgedruckten

Notizen in der chronologischen Reihenfolge vor sich hin.

Vor etwas mehr als einem Monat hatte er für das Amt des Bürgermeisters kandidiert, aber das alleine konnte es ja nicht sein, denn gerade mit solche einem Amt steigerte man ja normalerweise sein Ansehen in der Hierarchie der Gang.

Irgendetwas musste sie übersehen haben, nur was?

Nele holte sich die Artikel der letzten vier Wochen auf den Bildschirm und las sie jetzt viel sorgfältiger.

Es waren einige Berichte erschienen, in denen er seine Vorstellungen und Ziele deutlich machte, aber einer davon musste wohl den Unmut seiner Gönner hervorgerufen haben.

Nur welcher?

Schließlich fand sie einen kleinen Beitrag mit einem Bild von ihm, das ihn auch noch vor jener Statue des Mephisto zeigte, die das Vorbild der Figur gewesen war, die er jetzt auf seinem Schreibtisch stehen hatte.

In dem kurzen Interview ging es auch um den Bauboom in der Stadt und in einer Zeile erwähnte er, dass er nach seinem Amtsantritt die Vergabe der Aufträge ändern wollte.

Das alleine würde ja noch nicht reichen, um ihn auf die Abschussliste zu setzten. Da musste noch mehr dahinter stecken, aber es ging wohl in diese Richtung.

Zumindest war das eine ziemlich heiße Spur und sie musste jetzt nur noch herausfinden, was er ändern wollte. Dazu gab es doch bestimmt ein Parteiprogramm oder ein Manifest, in dem man lesen konnte, was genau er umzugestalten beabsichtigte.

Das musste sie jetzt nur noch finden, doch zuvor klingelte der Wecker im Handy.

Sie schreckte hoch, blickte auf die Zeitanzeige und sprang vom Stuhl. Wenn sie noch pünktlich zu Chris wollte, dann musste sie sich jetzt beeilen!

Nele ließ alles stehen und liegen, rannte aus dem Zimmer, zog sich unterwegs schon aus und daher säumte auch eine Spur von achtlos auf den Boden geworfenen Kleidungsstücke ihren Weg von der Stube bis ins Bad.

Schnell sprang sie unter die Dusche, danach kamen die Haare dran und schließlich die Suche nach einem zum Anlass passenden Kleid.

Eines der wundervollen Sommerkleider, die ihr Romy so wärmstens empfohlen hatte, sprang sie soeben regelrecht an.

Es war perfekt dafür!

Jetzt noch das Make-up, etwas Schmuck, die Schuhe und das Parfüm.

Ein letzter Blick in den Spiegel und sie eilte davon, das zurückgelassene Chaos würde sie dann aufräumen, wenn sie später wieder nach Hause kam.

Gerade noch rechtzeitig war sie an der Haltestelle und fuhr dann mit dem Bus in die Stadt.

Auch unterwegs dachte sie an all das, was sie den Vormittag über gelesen hatte.

Irgendwo in dem ganzen Wust an Informationen steckte die Antwort darauf, wer es auf Chris abgesehen hatte und wer dessen Vater damit erpresste.

Seltsamerweise bedrohten die Verbrecher wohl nicht seine jetzige Familie, sondern eben nur Chris und auch das war mehr als merkwürdig.

Solche Typen waren doch normalerweise völlig skrupellos und gingen für ihre Ziele auch über Leichen.

Oder hatte sie sich in ihrer Recherche verrannt?

Was verband Chris mit seinem Vater, außer seine Zeugung?

Lag darin der Schlüssel?

Und damit sprangen ihre Gedanken nach vorn zum Treffen an diesem Abend. Sie beschloss es diesmal zu vermeiden, ihn wieder nach seinem Vater zu befragen.

Zuerst musste es da eine Vertrauensbasis geben, bevor sie sich dann auf das etwas dünnere Eis seiner Familienverhältnisse wagen konnte.

Und mit zunehmender Fahrtdauer steigerte sich auch ihre Nervosität, die sie gerade irgendwie versuchte, in den Griff zu bekommen. Sie musste einen klaren Kopf behalten, aber was würde der Abend bringen?

Nur ein Essen in einer kleinen Pizzeria?

Eventuell, aber dann wäre sie in ihrem Kleid vermutlich overdressed. Möglicherweise führte er sie auch zum Tanzen aus.

Wann war sie eigentlich das letzte Mal aus gewesen? Mit dem Onkel und der Tante bereits ein paar Mal, aber noch nie alleine mit einem Mann.

Sie erinnerte sich an seine Stimme bei der Einladung am Telefon zurück, darin war so ein leichter Anflug von Freude gewesen.

Womöglich würde es ein Date. Das Erste, das sie haben würde!

Oder machte sie sich da gerade etwas vor?

Sie würde sich einfach überraschen lassen, aber das war eigentlich nicht das, was sie all die Jahre bei ihrem Onkel gelernt hatte, denn eine Kunoichi musste immer Herrin der Lage sein.

Überraschung war da völlig inakzeptabel!

Und was war mit ihrer eigenen Mission, bei der sie seine Schale knacken wollte? War die bereits durch seinen Anruf erfüllt worden?

Nele entschied sich dazu, einfach für einen Abend mal nicht an das zu denken, was sie in all der Zeit eingeübt hatte.

Sie würde einfach nur Spaß haben und sehen, was kommen würde.

Zuerst kam die Endhaltestelle des Busses, sie stieg aus und ging den schon so wohlvertrauten Weg bis zu dem kleinen Lokal.

Dort setzte sie sich an den Rand, beobachtete die anderen Besucher und wartete ungeduldig auf Chris.

20. Kapitel

Gefährliche Nähe

Es war ein wundervoller Abend gewesen, den sie in einem kleinen Restaurant verbracht hatten. Alles hatte sich so wundervoll angefühlt, das wirklich sehr romantische Lokal befand sich an einem kleinen Kanal und gelegentlich waren Boote an ihren vorbeigefahren.

Da lag so ein südländisches Flair über der ganzen Gegend und man konnte fast vergessen, dass es Deutschland war.

Jedenfalls hatten sie sich gut unterhalten und Nele hatte einfach nur Spaß gehabt.

Die ganze Anspannung der letzten Tage war völlig von ihr abgefallen und im Moment spielte alles andere keine Rolle mehr. Sie waren nur zwei Menschen unter dem Sternenhimmel, den man in der Stadt leider nur schlecht zu sehen bekam, aber in der Fantasie war sie an einem anderen Platz gewesen: hoch in den Bergen Japans, wo sie so oft mit dem Onkel in die Sterne gesehen hatte.

Chris war an diesem Abend irgendwie ein völlig anderer und sie hatte noch nicht ergründen können, woher dieser Wandel bei ihm kam, aber seine bisherige Distanziertheit war fast völlig von ihm angefallen. Schön war es gewesen.

Sie hatten gelacht, gesungen und das wundervolle Essen genossen.

Und gerade schlenderten sie zusammen durch die Dunkelheit zu seiner Wohnung zurück, wo sie sich dann von ihm verabschieden und zu ihrem Bus gehen würde.

Es hatte sie etwas Überredungskünste gekostet, das in dieser Form zu tun, denn Chris hätte sie gern zur Haltestelle des Omnibusses gebracht, aber sie würde nur ruhig fahren und danach schlafen können, wenn sie ihn in Sicherheit wusste.

Das konnte sie ihm zwar nicht in dieser Art sagen, doch sie fühlte es einfach so.

Zumindest hatte er nicht widersprochen und wenn sie jetzt noch Händchen halten würden, dann hätte man es ein richtiges Date nennen können, aber so waren einfach nur zwei gute Freunde unterwegs.

Ihre Absicht, seine Schale zu knacken und unbedingt bei ihm übernachten zu wollen, schob sie gerade ganz weit nach hinten, denn es wäre schade um den schönen Abend gewesen.

Das blieb ihr noch für einen der nachfolgenden Tage.

Nebeneinander spazierten sie durch die beginnende Nacht. Es war spät geworden und nur wenige Menschen waren zu dieser Zeit noch auf den Straßen unterwegs.

Von der halben Million Einwohnern waren gerade nicht viele zu sehen.

Vermutlich schliefen die meisten schon und die anderen zogen an diesem lauen Maiabend durch die Kneipen der Innenstadt, denn es war ein Freitag und damit begann für viele das Wochenende. Auch für Chris, wie er ihr vor ein paar Stunden erzählt hatte.

Sie bogen von der Hauptstraße ab und mussten jetzt noch durch einen kleinen Park, um eine Abkürzung zu seiner Wohnung zu nehmen.

Eng standen die Bäume und kleine Gebüsche säumten den finsteren Pfad, der an manchen Stellen so schmal war, dass sie voreinander gehen mussten.

Für eine einzelne Frau wäre ein dunkler Park zu diese Abendstunde wohl keine gute Wahl gewesen, aber sie dachte gerade nicht an diese Angst, die wohl jede andere hier alleine gehabt hätte.

Erstens war sie durch ihre Ausbildung in der Lage, jede Situation zu meistern und hatte damit einfach diese Sicherheit und zweitens waren sie ja auch zu zweit und in seiner Nähe wusste sie, dass ihnen gerade nichts passieren konnte.

Und wie immer, wenn man als kleiner Mensch versuchte, den Göttern irgendetwas vorzumachen, schlug das Schicksal unbarmherzig zu.

Sie waren noch keine dreißig Schritte in dem Gehölz vorangekommen, da stürzten fünf vermummte Gestalten aus einem Gebüsch auf sie zu.

Nele wusste augenblicklich, dass dies nicht ihr galt, sondern diese Männer es auf Chris abgesehen hatten.

Augenblicklich war die Mission wieder in den Vordergrund gesprungen.

Ohne Zeugen hätte sie diese brenzlige Situation schon jetzt geklärt, aber sie hatte momentan das Dilemma, dass sie vor Chris ihre wahre Stärke nicht ausspielen durfte.

Für ihn war sie eine Kindergärtnerin auf Jobsuche!

In Bruchteilen eines Augenblickes überschlug sie alle Möglichkeiten.

Die jahrelange Ausbildung half ihr, die Konstellation sofort richtig einzuschätzen.

Drei der Männer stürzten sich auf Chris, während sich zwei um sie zu kümmern begannen.

Die einzig richtige Verteidigung für sie war der betrunkene Mönch, eine Abwehrstrategie, bei der man dem Gegner nicht zeigte, wie stark man war und bei der jeder Tritt, Schlag oder Handgriff so aussah, als ob man aus Versehen genau die Stelle traf, wo man den meisten Schaden anrichten konnte.

Einer der beiden versucht sie von vorn zu umklammern und ihr unkontrollierter Schlag traf von unten mit zwei Fingern in seine Nase.

Er schrie auf und Blut tropfte hervor.

Wie davor erschrocken wich sie zurück und ihr Ellenbogen traf dabei den anderen Mann direkt im Solarplexus.

Mit einem Stöhnen ging er in die Knie.

Einer der Anderen wurde jetzt auf sie aufmerksam und wollte offenbar seinen Kumpanen helfen, denn er ließ von Chris ab und rannte auf sie zu, aber ihre als Abwehr gedrehte Handtasche traf seinen Unterleib.

Wimmernd kippte er vornüber.

Einer der beiden verbliebenen Männer hatte Chris von hinten umklammert, wobei dieser sich heftig, aber anscheinend nutzlos wehrte und der andere Verbrecher holte gerade zum Schlag aus.

Sie waren soeben etwa fünf Meter von ihr entfernt und das war zu weit für eine direkte Aktion ihrerseits.

Schnell nahm sie daher einen ihrer Schuhe, zielte und warf. Nele wusste genau, dass ein gut platzierter hochhackiger Schuh ein tödliches Geschoss war, ihr Wurf war so berechnet, dass er einen geheimen Akupressurpunkt am Arm des Mannes traf, der daraufhin mitten im Schlag taub und bewegungslos wurde.

Kraftlos fiel der Arm herab und diese Wirkung würde sicherlich mehr als eine Stunde anhalten.

Der letzte noch unverletzte Angreifer verfiel daraufhin in Panik, brüllte: „Weg hier!", und alle fünf Ganoven machten sich mehr oder weniger flink aus dem Staub.

Der Kampf hatte sicherlich keine dreißig Sekunden gedauert und jetzt musste sie nur noch betroffen aussehen und ihre Rolle weiterspielen.

„Mein Gott, was war das denn?", stöhnte sie theatralisch.

Chris kam schnell auf sie zu und zog sie schützend in den Arm.

Das fühlte sich gut an. Und irgendwie auch seltsam.

Das hatte bisher noch niemand mit ihr gemacht, aber es war schön.

„Die wollten mich bestimmt ins Gebüsch ziehen. Wer weiß, was die mit mir angestellt hätten. Danke, dass du da warst!", stieß sie aus und er hielt sie einfach nur fest.

War das jetzt die Gelegenheit, eine Nacht in seiner Wohnung zu verweilen?

Eventuell und eine bessere würde sich dafür wohl kaum noch finden lassen.

Hatte sie zuvor ihren privaten Auftrag schon zu den Akten gelegt, so kam dieser jetzt wieder nach vorn, denn sie wollte unbedingt in seiner Nähe bleiben, mehr von diesem Gefühl auskosten.

„Ich glaube, ich kann heute Nacht nicht alleine sein!", manipulierte sie ihn weiter.

Worauf wartete der den jetzt noch?

Sie blickte zu ihm auf und wartete auf seine Reaktion.

Hatte er wirklich ein Herz aus Stein? Doch das schien nicht so zu sein, denn er hatte sie ja auch weiterhin tröstend im Arm.

Vermutlich war er wirklich so begriffsstutzig und verstand sie einfach nicht.

Männer!

Langsam zweifelte sie an dem, was sie zwölf lange Jahre gelernt hatte.

Ihr erster Auftrag brachte sie bereits deutlich an ihre Grenzen!

Erneut seufzte sie und diesmal war es wirklich echt.

Und offenbar reichte das, um ihn endlich zu einer Antwort zu bewegen.

„Wenn du möchtest, dann kannst du heute bei mir bleiben. Mein Sofa ist breit genug und ziemlich bequem!", hörte sie endlich die erlösenden Worte.

Gern nahm sie an und schnell liefen sie weiter.

Nach einem kurzen Umweg zur Polizei und der Aussage dort waren sie dann später endlich in seiner Wohnung.

21. Kapitel

Am Abend eines besonderen Tages

Der Nachmittag war so gewesen, wie er ihn sich vorgestellt hatte und auch das kleine Restaurant hatte das gehalten, was ihm die Werbung im Internet versprochen hatte.

Einige Stunden lang hatten sie an dem Kanal gesessen und geredet. Es war einfach wundervoll gewesen und sie hatten dieses Mal weder über Computer noch über Bücher gesprochen.

Als würden sie sich schon ewig kennen und vertrauen, hatte er sich einfach für sie öffnen können. Er hatte seine, bisher noch jedem gegenüber geheim gehaltenen, Ideen von dem neuen Job geäußert und Nele hatte angedeutet, dass sie nach einem längeren Auslandsaufenthalt jetzt beabsichtigte, in einem Kindergarten zu arbeiten.

Das Zeug dafür hatte sie ganz bestimmt, denn sie hatte in dem Lokal ein kleines Mädchen getröstet, das sein Eis verloren hatte. Es war dabei solch eine Herzlichkeit und Liebe zu spüren gewesen, dass wohl jedem im Restaurant in diesem Moment das Herz aufgegangen war und die Mutter des kleinen Mädchens hatte sich danach noch überschwänglich bei Nele dafür bedankt.

Und dann war auf dem Heimweg wie aus dem Nichts heraus dieser Überfall gekommen.

Fünf vermummte und ziemlich kräftige Kerle hatten wohl die Idee gehabt, irgendwo eine Frau zu überfallen, oder sie beide auszurauben.

Aber zum Glück war es nicht so gekommen.

Es war alles so verdammt schnell gegangen, dass weder er noch Nele auch nur auf die Idee gekommen waren, nach Hilfe zu rufen.

Eigentlich war der kleine Stadtpark ein ziemlich sicherer Platz.

Nach dem Angriff waren sie noch flugs bei der Polizei gewesen und hatten den Vorfall gemeldet, aber die Suche nach den Ganoven würde sicherlich ohne Erfolg im Sande verlaufen.

Soeben waren sie wieder in seiner Wohnung angekommen und er wollte sie nicht nach Hause schicken.

Jetzt erst, mit dem Blick zurück, löste sich wohl auch bei ihr die Anspannung.

„Möchtest du noch etwas trinken? Einen Tee vielleicht?", fragte er sie, als sie sich auf das Sofa gesetzt hatte.

„Lieber ein Glas Wein", gab Nele ihm zurück.

„Kommt sofort", antwortete er und zögerte einen Moment, ob er sie im Zimmer alleine lassen durfte, denn Nele war sonderbar blass um die Nase geworden.

Vermutlich begriff auch sie soeben erst so wirklich, was alles hätte geschehen können. Sie blickte vor sich auf den Tisch und hing ihren Gedanken nach.

Schnell ging er in die Küche, um sofort wieder zu ihr zurückzueilen.

Schließlich saßen sie nebeneinander auf dem Sofa, stießen an und nach dem ersten Schluck sagte Nele: „Danke, dass du da warst. Ich weiß gerade nicht, was wohl geschehen wäre, wenn die fünf Typen mich alleine erwischt hätten."

Es schüttelte sie regelrecht bei dieser Aussage und er selbst wollte sich das lieber auch nicht vorstellen.

Tröstend legte er ihr seinen Arm um die Schultern und hielt sie einfach fest.

„Die wollten mich ...", brach es aus ihr heraus.

„Schscht, das ist ja jetzt vorbei. Dir kann nichts mehr geschehen. Hier bist du in Sicherheit!", erklärte er und zog sie noch näher an sich heran.

Das fühlte sich so unglaublich gut an und gab auch ihm etwas Selbstsicherheit zurück, und dabei hätte sie doch eigentlich den Schutz gebraucht.

„Vielleicht wollten sie auch nur mich ausrauben", erklärte er.

„Du, Chris, das macht es auch nicht besser", entgegnete sie leise.

Dem konnte er nur stumm zustimmen.

Der wundervolle Abend hätte um Haaresbreite auch ein übles Ende nehmen können!

„Ich möchte jetzt nicht nach Hause. Kann ich eventuell für diese Nacht bei dir bleiben?", erkundigte sie sich jetzt erneut und sah ihn dabei mit diesen wunderschönen großen Augen an.

Da hätte wohl keiner ablehnen können und daher ließ er es und stimmte dem einfach zu.

Jetzt war aber erst mal die Zeit, um sich den Schrecken von der Seele zu reden.

Die Anspannung löste sich dabei auch bei ihr und schließlich wollten sie beide nicht mehr daran denken.

Somit begannen sie das Gespräch aus dem Restaurant wieder aufzunehmen.

Nele erzählte von ihrer Tante, bei der sie die letzten Jahre im Ausland gelebt hatte und er abermals von seinem langweiligen Job.

Und natürlich kamen sie auch auf seinen Vater zu sprechen, doch hatte er sie am Abend zuvor dafür noch fast aus der Wohnung geworfen, so konnte er dieses Mal einfach über seinen Kummer reden.

Wie bei der Therapeutin tat es so unglaublich gut, dass sie ihm einfach nur zuhörte, ihn nicht dabei unterbrach und schließlich auch von ihren Eltern erzählte, die beide aber schon vor Jahren verstorben waren.

Da war gerade so eine unglaubliche Nähe zwischen ihnen.

Ewig redeten sie, bis die Flasche Wein dann irgendwann ausgetrunken war und er eine neue holen wollte.

Nele blickte dabei zur Uhr und stellte fest, dass es schon weit nach Mitternacht war.

„Wir sollten jetzt schlafen", bemerkte sie.

Seinen Einwand, dass er am nächsten Tag Wochenende hatte, wischte sie einfach mit der Bemerkung aus: „Dann können wir ja auch morgen noch ausgiebig über alles reden!"

Dem konnte er nur zustimmen.

„Ich würde gern duschen. Hast du ein relativ neutrales Duschgel?", fragte sie und gähnte jetzt.

Gemeinsam gingen sie ins Badezimmer und Nele roch an allen Flaschen, bevor sie sich für eine davon entschied.

„Ich bringe dir gleich noch Handtücher und einen Schlafanzug", erklärte er noch, dann verließ er den Raum.

Als er sein Schlafzimmer betrat, um die versprochenen Sachen zu holen, hörte er bereits hinter sich, dass sie das Wasser angestellt hatte und daher war die Tür zum Bad vermutlich immer noch offen geblieben.

War das seltsam?

Er fühlte das nicht, obwohl es wahrscheinlich nicht jeder verstehen würde.

Stunden zuvor war sie nur knapp einer Vergewaltigung entkommen und soeben stand sie nackt in einem fremden, offenen Badezimmer unter der Dusche. Ohne Scheu oder sonst etwas.

Offenbar hatte sie bereits völliges Vertrauen zu ihm.

Und wie sah er das?

Vor einer Woche hatten sie sich noch gar nicht gekannt und momentan war sie ihm schon so nah, dass er sich ein Leben ohne sie nur noch schwer vorstellen konnte!

Nele war die erste Frau, die er in seine Burg gelassen hatte und sie war ab jetzt auch die Erste, die das völlig hüllenlos getan hätte.

Hatte er sich das so in seiner Jugend vorgestellt?

Eventuell, aber in der Realität war es noch viel schöner.

Vor ein paar Tagen hatte er noch Abstand von ihr halten wollen und jetzt konnte er sich das bereits nicht mehr vorstellen.

Das Stückchen seines Herzens, das sie belegt hatte, war um ein erhebliches Teil größer geworden.

Er fühlte sich zu ihr hingezogen, aber jetzt musste er ihr erst einmal schnell die versprochenen Sachen holen.

22. Kapitel

Mission erfüllt?

Nele stand unter der Dusche, roch an dem Duschgel, welches eigentlich nicht für eine Frau vorgesehen war, aber in Ermanglung anderer Auswahlmöglichkeiten würde es eben auch gehen, und ließ sich das warme Wasser über die Haut laufen.

Erst mit der Ruhe war bei ihr zuvor die Erkenntnis eingetreten, dass dieser Überfall am Abend auch hätte schiefgehen können.

Nicht so sehr für sie, sondern mehr für Chris, denn von ihr wollte die Bande ja nichts, aber möglicherweise hätte das dann dennoch auch für sie böse ausgehen können.

Sie wäre eine Zeugin gewesen und solche mafiösen Strukturen waren mitunter nicht wirklich zimperlich mit unbeteiligten Beobachtern ihrer Schandtaten.

Hatte sie die Gefahr bisher unterschätzt?
Womöglich!
Aber zum Glück war Chris nichts geschehen.
Und damit dachte sie jetzt daran, dass es sich wirklich sehr gut angefühlt hatte, als Chris sie im Arm gehalten hatte.

Für einen Moment hatte sie nicht die Starke sein müssen und das war ungewohnt gut gewesen.

Wunschgemäß hatte er sie in seine Wohnung gelassen, damit sie hier übernachten konnte und damit war ihre private Mission eigentlich zu Ende, denn es war wohl ihr Ehrgeiz gewesen, dieses Ziel unbedingt noch zu erreichen.

Vielleicht hatte sie daher den anderen, und eigentlich viel wichtigeren, Teil der Aufgabe in den letzten Tagen sträflich vernachlässigt.

Schließlich war sie doch hier, um Chris zu schützen und nicht weil sie ihr eigenes Ego füttern wollte.

Gerade schämte sie sich dafür ihrem Onkel gegenüber. Er hatte ihr alles Mögliche beigebracht und sie hatte nichts davon befolgt. Der erste eigene Auftrag war schon beinahe so kläglich gescheitert! Nur durch einen glücklichen Umstand war Chris unbeschadet geblieben und nicht durch ihre Vorsicht.

Sie hätten gar nicht erst in dieser Lage sein dürfen! Nele hatte sich frei von aller Vorsicht gemacht und war einfach für ein paar Stunden nur Frau gewesen, aber das war grundfalsch, wen man in einer Mission steckte!

Und jetzt hatte sie zu allem Ende auch noch die Kleidung von sich gestreift! Seit Minuten lief das Wasser über ihren Körper, aber alle Ozeane der Welt würden nicht diese Schmach von ihr waschen können.

Aber in dieses Gefühl der Schuld stieg augenblicklich eine ganz andere Empfindung auf, ein wunderschöner, vermutlich durch das streichelnde Wasser ausgelöster Sinnesreiz, dem sie sich nicht entziehen wollte und konnte.

Dieser Tag war einfach nur schön gewesen und das Gespräch gerade eben sowie der wirklich köstliche Wein waren ein sehr guter Abschluss des Abends, der so wundervoll in dem Restaurant am Kanal begonnen hatte und nur kurz durch diese fünf Rabauken unterbrochen worden war.

Damit war sie jetzt am Ziel ihres persönlichen Planes.

Aber was kam jetzt?

„Ich beziehe mal die Couch und habe dir saubere Handtücher bereitgelegt", rief Chris durch die von ihr offen gelassene Badtür.

Jeder andere Mann hätte es wohl zu seinem Vorteil ausgenutzt, eine verängstigte und nackte Frau in der eigenen Wohnung zu haben.

Chris jedoch war offenbar der perfekte Gentleman.

Oder total verklemmt?

Es war ja nicht so, dass sie Erfahrung damit hatte, was da so nach dem ersten Date in der Wohnung des Mannes alles passieren konnte, aber gewöhnlich endete so etwas mit einem One-Night-Stand. Oder mit einer Verlobung!

„Brauchst du noch etwas?", erkundigte Chris sich jetzt.

Sie drehte sich zur Tür und blickte am Vorhang vorbei. Er stand mit dem Rücken zu ihr und hatte alles fein säuberlich für sie auf dem Waschtisch abgelegt.

„Einen Schlafanzug vielleicht? Hast du einen für mich?", fragte sie.

„Der liegt schon unter dem Handtuch", gab er ihr zurück.

Aufmerksam und fürsorglich war er auch noch.

„Ich danke dir. Kannst du mir bitte das Handtuch geben?", entgegnete sie und stellte die Brause ab.

Er nahm das Tuch, brachte es und stellte sich so, dass er nicht zu viel von ihr zu sehen bekam.

In Filmen hätte sich der Mann jetzt die Kleider vom Leib gerissen und wäre schon bei ihr. Chris hingegen blickte zum Boden.

Sie hätte den vor sich gehaltenen Vorhang fallen lassen können und es wäre vermutlich nichts geschehen.

Sie nahm das Handtuch und er ging nach draußen.

Das machte ihn jetzt gerade nur noch sympathischer für sie, denn andere Männer waren mitunter ziemlich primitiv.

Sie trat aus der Kabine und trocknete sich ab, dann nahm sie den Föhn und frisierte sich flugs die Haare, wobei sie aber noch nackt war.

Die Tür stand auch weiterhin offen und von draußen waren Geräusche zu hören.

Offenbar bezog er gerade das Sofa, wie er es zuvor erklärt hatte. Ein Kavalier hätte das Sofa für sich genommen und ihr das Bett überlassen, aber auch die Couch schien sehr gemütlich zu sein.

Schließlich zog sie sich den Schlafanzug an, der allerdings bestimmt drei Nummern zu groß für sie war! In die kurze Hose hätte sie anderthalbmal hineingepasst, daher zog sie sich diese vorn mit einem Knoten zusammen, aber das Oberteil hing mehr wie ein Sack an ihr.

Im Spiegel zeigte sich ihr ein kurioses Bild. Ein T-Shirt hätte es vermutlich auch getan und womöglich auch noch besser. Shirt und Slip mehr brauchte man doch nicht.

Und was kam jetzt?

Zögernd und grübelnd stand sie in der offenen Badtür.

Sollte sie schlafen? Oder versuchen, noch mehr über seinen Vater zu erfahren?

Zwar hatte er schon zuvor eigens über ihn erzählt, aber nur sparsam. Sollte sie tiefer bohren?

Beim letzten Mal in dieser Wohnung war das gründlich schiefgegangen und sie wusste ja jetzt schon, dass er nicht sehr gut auf seinen Vater zu sprechen war.

Momentan konnte er sie zwar nicht mehr aus der Wohnung werfen, aber sie würde es lieber nicht darauf ankommen lassen, sondern abermals warten, bis er dafür bereit war. Der Zeitpunkt dafür würde ganz sicher kommen!

Sorgsam hängte sie das Handtuch zum Trocknen über die Stange und trat durch die Tür.

Chris bezog wirklich gerade das Sofa und stellte sich dabei nicht mal so ungeschickt an.

„Ich nehme dann die Couch und habe dir mein Bett bereits neu bezogen", erklärte er und zeigte auf die Tür seines Schlafzimmers.

Die Bettwäsche sah gut aus und gefiel ihr ausgesprochen.

Er war also doch ein Gentleman.

„Ich danke dir", entgegnete sie, ging zu ihm hinüber und gab ihm einen Kuss.

Erstarrt nahm er diese zärtliche Bezeugung ihrer Dankbarkeit entgegen.

„Oh! Entschuldige", sagte sie schnell.

Das löste seine Erstarrung und er winkte ab, aber seine Wangen füllten sich gerade mit Blut.

Offenbar hatte er gerade jetzt erst die ganze Situation erfasst: Mann, Frau und ein Bett in der Nacht!

Um ihn nicht noch zusätzlich in Bedrängnis zu bringen, ging sie schnell zum Bett und prüfte, wie weich es war.

Es hatte genau die Matratze, die sie sich gewünscht hatte.

„Perfekt“, erklärte sie laut und wandte sich zu ihm zurück.

Jetzt machte er einen ziemlich verlorenen Eindruck, wie er dort mitten in seiner Stube, mit dem Bettlaken in der Hand, stand.

„Warte, ich helfe dir“, erzählte sie schnell und ging zu ihm zurück.

Hatte sie nicht gerade eben noch die verfängliche Situation durch mehr Distanz entschärfen wollen?

Wer führte hier im Hintergrund eigentlich Regie und zog die Fäden? Und wenn eine Göttin im Spiel war, und danach sah es momentan aus, hatte alles andere sowieso keinen Zweck.

Wozu also darüber nachdenken?

Sie nahm ihm den Bettbezug ab und begann mit ihm zusammen, das Sofa für die Nacht vorzubereiten.

Bei dieser Arbeit spürte sie seine Blicke auf sich, aber erst zum Schluss begriff sie, dass sie ihm wohl durch das viel zu große Oberteil einige sehr tiefe Einblicke geboten hatte.

In sich hörte sie eine Stimme, die ihr offenbarte: „Geh aufs Ganze!“ Aber sie wusste weder, was sie tun noch sagen sollte.

Hier endete all das, was sie jahrelang gelernt hatte. Oder rächte sich gerade, dass sie zwar theo-

144

retisch wusste, wie es ging, aber der vollständige
praktische Teil davon ihr noch fehlte?

Sie war eine 24-jährige Jungfrau!

Und was kam jetzt?

War es Zeit, das zu ändern? Noch zögerte sie.

23. Kapitel

Die Nacht der Nächte?

Soeben hatten sie zusammen das Sofa bezogen und sie stand ihm jetzt so nah. Bei der Arbeit gerade eben hatte sie ihm wohl unfreiwillig einen sehr tiefen Einblick in ihr Dekolleté gegeben, denn die Schlafanzugjacke, die er ihr geborgt hatte, war viel zu groß.

Seine T-Shirts passten ihr zwar, aber er hatte diese Jacke damals extra etwas großzügiger gekauft und nicht mehr daran gedacht.

Nele sah ihn an und strich sich nervös eine Haarsträhne zurück, die aber durch ihre kurzen Haare auch von alleine wieder an ihren Platz gefallen wäre.

Vor ein paar Minuten war sie noch so taff und souverän gewesen, sie hatte praktisch alleine die fünf Angreifer in die Flucht geschlagen und jetzt sah sie so schüchtern aus.

Es war ihr deutlich anzusehen, dass sie über irgendetwas nachdachte.

„Ich wünsche dir eine schöne Nacht und denke nicht so viel an das, was da vorhin geschehen ist", erklärte er ihr.

„Ich wünsche dir ebenfalls eine gute Nacht", antwortete sie ihm und gab ihm noch einen Kuss.

Das war noch etwas, was sie in dieser Wohnung als Erste machte.

Sie löste sich von ihm, trat zurück und ging langsam in das Schlafzimmer hinüber, wobei sie auf den drei Metern bis dorthin noch dreimal kurz über ihre Schulter zu ihm zurückblickte.

Da lag so ein sehnsuchtsvoller Ausdruck in ihrem Gesicht, aber er wollte ihre Notlage nicht ausnutzen.

Chris setzte sich auf sein Nachtlager und schaltete das Licht aus.

Auch Nele ließ sich auf der Kante des Bettes nieder und blickte abermals durch die offene Tür zu ihm zurück.

Da war immer noch so ein seltsamer Zug um ihren Mund, als würde sie ihn rufen, aber nach einem Moment des Zögerns legte sie sich im Bett zurück und schaltete die Nachttischlampe aus.

Damit saß auch er im Dunklen und dachte über diese Situation nah.

Sie gefiel ihm außerordentlich gut, aber er wollte auch nicht riskieren, sie durch eine vorschnelle Handlung zu verlieren.

Natürlich hatten ihm die Einblicke gefallen und auch sehr erregt, aber er durfte ihre Notlage nicht ausnutzen.

Langsam zog er sich das Shirt über den Kopf und streifte die Hose ab. Beides legte er auf einen der Stühle und saß in Boxershorts auch weiterhin grübelnd auf seinem Sofa.

Da drüben schlief sie, die Frau, die er gerade mehr als alles andere in der Welt liebte. Nur fünf Metern von ihm entfernt. Nichts war da zwischen ihnen, außer der Bettdecke, die sie soeben halb über sich gezogen hatte.

Nele lag im Schein des Mondes, der sein Licht durch die nur halb zugezogenen Gardinen in das Schlafzimmer fallen ließ. Dieses Silberlicht tauchte ihr Bett und ihr Haar in solch einen Glanz, dass es auch ein Leuchtfeuer hätte seine können, ein Wegweiser für ihn.

Alles in ihm schrie gerade danach, diesem Licht zu folgen und einfach zu ihr hinüberzugehen, aber was kam dann?

Würde es so, wie er es sich in den Träumen seiner Jugendzeit manchmal vorgestellt hatte? Oder würde er sie damit nur für immer verlieren?

Irgendwie war er zwischen den beiden Dingen gefangen: Er konnte hier nicht fort und wollte sie nicht bedrängen, aber etwas tief in ihm trieb ihn an, unbedingt zu erfahren, wie es war, mit einer Frau zu schlafen.

Mit dieser Frau da, deren Kopf gerade im Mondlicht so ein silbernes Strahlen erhielt.

Und bei all dem Grübeln merkte er, wie ihn der Gedanke an sie immer mehr erregte.

Mit diesem Zelt in der Hose würde er unmöglich schlafen können!

Sollte er einfach ins Bad gehen und die Sache von Hand erledigen? Das fühlte sich gerade auch irgendwie falsch an, während sie nebenan schlief.

Seufzend ließ er sich zurück auf das Sofa fallen und blickte zur Zimmerdecke hinauf.

Mitten in sein nutzloses Grübeln hinein hörte er eine leise Stimme sagen: „Komm zu mir!“

War das nur in seinem Kopf gewesen? Er drehte sein Gesicht der Tür zu und dort stand Nele an den Türrahmen angelehnt und streckte ihm eine Hand entgegen.

War das jetzt ein Traum? Oder die Wirklichkeit?

In beiden Fällen würde er sofort zu ihr eilen.

Chris erhob sich von seinem Sofa und ging auf sie zu.

Nele nahm seine Hand und zog ihn zum Bett hinüber. Der Mond verschwand hinter einer Wolke und ließ das Zimmer in einem diffusen Licht zurück.

Nele knöpfte sich die Schlafanzugjacke auf und ließ sie fallen, die viel zu große Hose rutschte ihr von selbst über die Hüften, dann schob sie sich näher an ihr heran und küsste ihn.

Aber dieses Mal nicht so, wie zuvor, sondern leidenschaftlich und verlangend.

Gerade war er wie im Traum und konnte sich nicht rühren, was wohl dazu führte, dass ihm Nele die Hosen nach unten zog.

Sie näherte sich mit ihrem Mund seinem Ohr und flüsterte: „Bitte sei vorsichtig, es ist mein erstes Mal!", dann zog sie ihn an der Hand hinter sich her und ließ sich auf das Bett fallen.

Und so lag sie jetzt vor ihm und er wusste für einen Moment nicht mehr, ob es richtig war, was er hier tat.

Wo ihn zuvor diese Gedanken an sie so sehr erregt hatten, war jetzt alles vorbei.

Er blickte sie an und sie war einfach nur göttlich. Das Mondlicht schimmerte auf ihrer Haut und hob ihre Rundungen nur noch deutlicher hervor. Nele war perfekt und ein Traum von einer Frau.

Langsam und ziemlich verführerisch zog sie ein Bein an, räkelte sich vor ihm und streckte ihm die Hände entgegen, damit er zu ihr kam.

Sein Blick gilt nach unten, seine Hose lag am Boden und wo zuvor das Zelt gewesen war, da hing jetzt nur noch etwas schlaff nach unten.

So oft hatte er sich in seinen Träumen vorgestellt, wie es wohl sein würde, manchmal sogar mit fast denselben Bildern, aber gerade passierte gar nichts mehr.

Am liebsten wäre er jetzt in sein eigenes Bett geflüchtet, aber schließlich griff er nach ihrer Hand und sie zog ihn zu sich herab.

Haut an Haut lagen sie, er hatte diese wunderschöne nackte Frau im Arm, sie wollte ihn und er wollte sie und es ereignete sich überhaupt nichts!

Völlig tote Hose!

Nele küsste ihn und er küsste sie ebenfalls, aber dennoch war sein gesamter Unterleib wie gelähmt.

„Ähm, Chris, ich habe ja keine Ahnung davon, aber müsste das da nicht hart werden, damit was passieren kann?", fragte Nele leise und machte es damit nur nach peinlicher für ihn.

„Du, Nele, ich habe auch noch nicht", gab er ihr kleinlaut zurück.

„Na gut, dann kuscheln wir uns einfach nur zusammen. Es tut so gut, in deiner Nähe zu sein!", flüsterte sie und küsste ihn erneut.

Die Anspannung fiel langsam von ihm ab und er zog die Bettdecke über sie beide.

Nele kuschelte sich an ihn an und legte ihren Kopf auf seine Brust.

Dieses Gefühl war wirklich wunderschön, wie sie sich an ihn anschmiegte.

Ihre streichelnde Hand glitt über seine Brust und ihr Bein rutschte auf seinem Oberschenkel nach oben.

Die Bettdecke lag nur bis zu ihrem Nabel und ließ ihm damit einen Blick auf ihre wundervollen Brüste, die der Mond jetzt wieder in dieses Strahlen tauchte, die schrien danach, dass er sie streichelte und liebkoste. Nele quotierte das mit einem Seufzen und drückte sich näher an ihn an.

Jetzt glitt Neles Hand unter die Decke und begann ebenfalls zärtlich den schlafenden Krieger wieder zum Dienst zu rufen.

Da jetzt der Druck verschwunden war, begann er langsam auf ihre Nähe zu reagieren, was Nele in der Enge des Bettes wohl auch kaum verborgen bleiben konnte, zumal sie noch immer ihre Hand um sein Glied gelegt hatte.

Ihre Bewegungen wurden fester und fordernder und schließlich flüsterte sie: „Damit kann ich arbeiten!"

Er hörte das Schmunzeln in ihrer Stimme, dann rollte sie sich auf den Rücken, schleuderte die Decke zur Seite und zog ihn über sich.

Neue stürmische Küsse folgten und jetzt war auch er für sie bereit!

24. Kapitel

Ende und Anfang

Schnaufend lag sie unter Chris und kam nur langsam wieder zu Atem. Er steckte noch immer schwer atmend tief in ihr und damit war sie jetzt auch keine Jungfrau mehr, sondern einfach nur eine momentan sehr glückliche Frau.

Das Alte und ihr bisher Wohlbekannte war damit zu Ende gegangen und etwas Neues brach soeben an, das unentdeckte Land, wie es Shakespeare mal so treffend genannt hatte.

Sie war durch diese Tür gegangen, die beiden Torwächter hatten sie behütet und Chris hatte die Pforte aufgestoßen. Und das im wahrsten Sinne des Wortes.

Er küsste sie, zog sich langsam und vorsichtig aus ihr zurück, wobei er sorgsam darauf bedacht war, das Kondom nicht zu verlieren, rutschte zur Seite, nahm sie in den Arm und hielt sie einfach nur fest.

„Das war wirklich wundervoll", hauchte sie und ihre Lippen suchten abermals seinen Mund.

Dieser Kuss war so himmlisch, dass er schon wieder Lust auf mehr machte, doch sie löste ihn, bevor sie komplett den Kopf verlieren würde.

Sie legte sich zurück und sah zu ihm auf.

„Dem kann ich nur zustimmen“, erklärte er und schaute sie ebenfalls an.

Ihre Augen hatten sich gegenseitig eingefangen und sie spürte diesem wundervollen Gefühl nach, das gerade eben noch durch ihren Körper gesaust war.

Das war anders gewesen, als alles, was sie je über das erste Mal gehört oder gelesen hatte.

Den kleinen Schmerz beim Übergang hatte sie zwar bemerkt, aber er war nicht mal ansatzweise so stark gewesen, wie man es ihr beschrieben hatte.

Vermutlich hatte Chris sie einfach nur so behutsam wie nur irgend möglich geliebt und sie hatte es genossen, diese zärtlichen Streicheleinheiten auf der heißen Haut, die sanften Stöße und das ganz Drum und Dran, was sie bisher nur theoretisch gekannt hatte.

Nie im Leben hätte sie gedacht, dass es so schön sein konnte und ein wenig ärgerte sie sich gerade darüber, es nicht schon eher versucht zu haben, doch vermutlich war erst jetzt der richtige Moment dafür gewesen.

Seufzend riss sie sich los und versuchte auch weiterhin diese Situation zu überdenken. Sie war einfach nur ihrem Gefühl gefolgt, während er ziemlich routiniert gehandelt und sogar an das Kondom gedacht hatte, woher er auch immer sofort eines gehabt hatte.

So etwas hatte man doch nicht im Hause, wenn man nicht beabsichtigte, es zu benutzen. Oder?

War es wirklich auch sein erstes Mal? Ein leichter Zweifel daran stieg augenblicklich in ihr hoch und deshalb fragte sie ihn: „Für dein erstes Mal warst du ziemlich gut! Oder hast du da geflunkert?"

„Nein. Das war wirklich unser beider erstes Mal", gab er ihr zurück, streifte das Kondom ab und legte es zur Seite.

„Ich habe mal gehört, dass man sich daran ein ganzes Leben lang erinnert und jetzt verstehe ich auch, warum das so sein kann!", entgegnete sie und kuschelte sich abermals an seine Brust an.

„Halte mich, bis ich eingeschlafen bin", flüsterte sie, denn die gerade erlebten Glücksgefühle machten sie jetzt so schön müde.

Er nahm sie fester in seinen Arm, sie hörte sein Herz schlagen und spürte noch, wie er die Decke nach oben zog, dann glitt sie wie auf Wolken in den siebenten Himmel davon und schlief beruhigt ein.

Als sie erwachte, war das Bett neben ihr leer und es war vor dem Fenster schon hell.

Bisher war sie doch immer schon mit der Morgendämmerung wach gewesen, aber anscheinend hatte sich mit dieser Nacht noch einiges mehr bei und in ihr geändert!

Doch wo war Chris?

Sie setzte sich gähnend auf und noch bevor sie nach ihm rufen konnte, erschien er mit zwei Tassen in der Hand in der offenen Tür.

Er hatte sich das ihr aus der Videoübertragung schon gut bekannte Handtuch um die Hüften geschlungen.

In der Dunkelheit hatten sie sich einfach hemmungslos geliebt, aber im Sonnenschein schien er wieder so verklemmt zu sein, wie am Tage zuvor.

Sie hatte seine Schale wohl nur angeknackst, ganz war sie noch nicht von ihm gefallen und um ihn mit ihrer Nacktheit nicht in Verlegenheit zu bringen, oder zu verschrecken, zog sie sich schnell die heruntergerutschte Bettdecke nach oben über die Brust und nahm ihm dann eine der beiden Kaffeetassen ab.

„Hast du gut geschlafen?“, fragte er und setzte sich zu ihr auf die Bettkante.

„Ja, ausgezeichnet. Und du?“, entgegnete sie.

Er nickte nur lächelnd.

Nele nippte an der Tasse und dabei hätte sie doch zu gern wieder diesen himmlischen Geschmack seiner Lippen geschmeckt sowie eventuell noch einmal diese Wonne der Nacht zuvor ausgekostet, aber er schien momentan etwas distanziert zu sein und daher schluckte sie das aufkommende Verlangen notgedrungen herunter.

Die nächste, sicherlich erneut sehr aufregende Nacht würde ganz bestimmt schon bald kommen, denn sie wollte nie wieder auf diesen Genuss verzichten müssen!

Der Kaffee an diesem neuen Morgen war jedenfalls ein Gedicht, aber nicht mal ansatzweise so gut, wie die letzte Nacht.

Jetzt wäre es eigentlich Zeit, wieder zu ihr nach Hause zu gehen, aber dazu hatte sie gerade einfach keine Lust. Sie wollte in seiner Nähe sein und eventuell noch etwas kuscheln.

Vielleicht sollte sie einfach hier bei ihm bleiben und diesen freien Tag mit ihm zusammen genießen?

Schließlich war Samstag und er hatte ihr ja schon gesagt, dass er da nicht auf seine Arbeit musste. Sein halbnackter Körper jedenfalls verwirrte sie gerade ziemlich heftig und das war ebenfalls etwas ganz Neues!

Konnte sie ihn nicht dazu bewegen, wieder ins gemütliche Bett zu kommen? Oder hatte er schon anderweitige Pläne gehabt?

Das musste sie jetzt erst noch von ihm erfahren. Sie wusste zwar, dass er einen neuen PC bekommen hatte und der stand auch gut sichtbar noch in Folie eingepackten in der Stube, aber sie wollte diesen schönen Tag nicht alleine verbringen. Oder mit einer Recherche an ihrem Laptop.

Zusammen im Bett wäre das doch viel schöner. Aber würde sie damit eventuell alles zerstören, indem sie ihn bedrängte? Das Handtuch um seinen Hüften war eigentlich ein deutliches Signal.

Am liebsten hätte sie es jetzt von ihm gerissen, um abermals dieses Verlangen stillen zu können, das soeben wieder in ihr aufstieg.

Allerdings sah er gerade nicht so aus, als wollte er gleich wieder über sie herfallen. Sie musste auf den richtigen Moment warten, zu dem sie irgendwo alleine waren. Und vermutlich im Dunklen.

Seufzend zog sie die Knie an, stützte die Tasse darauf ab und blickte ihn an. Schon einmal hatte sie der jahrelang geübte Schmollmund bei ihm nicht an das ersehnte Ziel gebracht, als er sie aus der Wohnung geworfen hatte und gerade wollte sie nicht ein langes Glück für eine kurze Befriedigung der Lüste riskieren.

Er brauchte offenbar immer etwas mehr Zeit.

Warum ging das aber bei ihr eigentlich so schnell?

Sie musste einfach etwas mehr Zeit miteinander verbringen, um sich beide weiter anzunähern.

„Was machen wir heute?", fragte sie ihn schließlich.

Jetzt bemerkte sie, wie er unschlüssig über die Schulter zu seinem neuen Computer spähte. Der wollte sie doch jetzt nicht etwa wirklich abservieren?

„Wir können schwimmen gehen. Der Wetterbericht hat einen schönen und sonnigen Tag vorhergesagt", setzte sie daher schnell nach.

Einer leeren Liegewiese im Mai, mit ihr im Bikini darauf würde er vielleicht nicht wiederstehen können!

Chris zögerte eine geraume Weile und sie verlor schon fast den Mut, dann nickte er und sagte: „Warum eigentlich nicht? Und vielleicht ein Picknick machen?"

„Das würde mir sehr gefallen. Ich schwimme sonst eigentlich jeden Tag", stimmte sie ihm freudig zu.

„Und wo? In einem Freibad? Es gibt hier auch so einen Wellnesstempel mit allen Schikanen?"

„Früher bin ich gern an einem kleinen See baden gegangen. Der liegt nicht weit von meinem Elternhaus entfernt. Nur eine viertel Stunde mit dem Rad!", entgegnete sie.

Nele beugte sich vor, legte ihre Hand auf seinen Arm und die Decke rutschte herunter. Sein Blick lag auf ihrer nackten Brust und sie bemerkte in seinen Augen, dass er sich wohl gerade diese Situation vorstellte, wie sie beide an einem See lagen, Haut an Haut.

„Ich bin schon ewig nicht mehr geschwommen", versuchte er sich jetzt aus der selbstverschuldeten Situation zu retten.

Schnell zog sie die Decke hoch.

„Das ist wie Fahrradfahren, das verlernt man nicht“, entgegnete sie.

„Und auf dem Rad war ich vermutlich auch schon zwanzig Jahre nicht mehr“, erklärte er weiter.

Gerade wandte er sich, wie ein Aal auf dem Trockenen.

„Bitte!“, sagte sie und legte ihm abermals die Hand auf den Arm, hielt aber jetzt die Bettdecke oben.

„Ich war schon so lange nicht mehr dort und mein neuer Bikini will auch endlich eingeweiht werden“, setzte sie nach, und zwar mit solch einer Tonlage, dass es wohl auch einen Stein erweichen konnte.

Dem konnte er sich eigentlich nicht verwehren, aber er hatte sie ja bereits einmal mit seiner Reaktion überrascht.

„Ähm, ich will mich nicht vor dir blamieren“, bemerkte er jetzt kleinlaut.

„Nach dieser Nacht ist das nicht mehr möglich“, erwiderte sie und merkte erst dabei, dass das eventuell auch negativ gemeint sein konnte.

Schnell strich sie ihm mit ihren Fingern über die Wange.

„Bitte, ich habe keine Lust, diesen Tag alleine zu verbringen. Der hat schon so schön begonnen. Lass ihn uns gemeinsam erleben“, flehte sie ihn fast an.

„Na gut", lenkte er schließlich ein und sie gab ihm einen Kuss.

„Duschen, anziehen und dann nehmen wir den Bus", legte sie jetzt fest.

„Und das Frühstück?", fragte er.

„Was hast du denn da?", entgegnete sie in Anbetracht des sicherlich immer noch nicht so reichlich gefüllten Kühlschrankes.

„Während du duschst, kann ich ja ein paar Hörnchen aufbacken und Erdbeermarmelade habe ich auch noch!"

„Ich könnte sterben für eine leckere Erdbeermarmelade", seufzte sie.

Chris nickte und erhob sich.

Sie schlang sich das Betttuch um den Leib, sammelte ihre Sachen auf und ging ins Bad hinüber.

Unter der Dusche dachte sie daran, dass es hier drin zu zweit viel schöner gewesen wäre, aber man konnte eben nicht alles haben.

Zumindest war ihr Top schon wieder sauber und Chris hatte es ihr auf dem Waschtisch bereitgelegt.

Es duftete bereits nach frisch gebackenen Croissants aus der Küche und schließlich folgte sie dieser Duftspur.

Der Tag ging schon mal schön weiter.

„Ich gehe mich noch schnell duschen", erzählte er und ging ins Bad hinüber.

Schnell deckte sie den Tisch, stellte die Marmelade bereit und setzte sich.

Die Sonne schien warm durch das Küchenfenster, alles war hell und freundlich und sie fühlte sich ausgezeichnet.

Die Glücksgefühle dieser Nacht sausten gerade wieder durch ihren Leib und gleichzeitig dachte sie daran, dass es eigentlich ihre Mission war, ihn zu beschützen.

Doch das würde sie ihm lieber nicht sagen.

Sein Beschützerinstinkt hatte sie in sein Bett gebracht und das wollte sie nicht gefährden, denn wer wusste schon, was dieser Tag noch so alles für sie bereithielt.

25. Kapitel

Ein absurder Verdacht

Er saß neben Nele im Bus, hielt ihre Hand, schaute sie an und war tief in ihren Augen versunken. Irgendwo hatte er einmal gehört, dass die Augen der Spiegel der Seele waren und wenn das stimmte, so blickte er ihr gerade tief in ihr Wesen.

Sie sagten beide kein Wort, denn gerade sprachen nur ihre Blicke.

Nele strahlte mit der Sonne um die Wette und ihm ging es auch so gut, wie es ihm noch nie ergangen war.

Alles war anders an diesem Tag und dazu kam noch, dass er noch nie in diesem Teil der Stadt gewesen war.

Das Dorf am östlichen Stadtrand war vor vielen Jahren eingemeindet worden, aber obwohl er sein ganzes Leben in dieser Stadt verbracht hatte, war dies das erste Mal, dass er seinen Fuß hierher setzte.

Es war wohl der Tag der Dinge, die man zum ersten Mal machte.

„Wir müssen", hauchte Nele und für einen Moment war er verwirrt, dann zeigte sie auf den Stopp-Taster, mit dem sie den Bus an der nächsten Haltestelle zum Anhalten bringen konnten und er betätigte diesen Knopf.

Jetzt ging sein Blick nach draußen.

Obwohl der Stadtteil schon über dreißig Jahre zur Stadt gehörte, schien er immer noch seinen dörflichen Charakter behalten zu haben.

Kleine Häuser standen mit größerem Abstand zwischen Bäumen und Wiesen, einige Kühe grasten auf einer Weide. Es schien eine andere Welt zu sein und doch trennten nicht einmal zwanzig Minuten diese Idylle vom quirligen und überfüllten Stadtzentrum.

Es war wohl so die Gegend, in der er als Kind eventuell auch gern aufgewachsen wäre, mit all dem, was man sich als Kind nur vorstellen konnte: Baumhaus, Kirschen aus Nachbars Garten und Sterne in der Nacht.

All das, was es ein paar Kilometer weiter nicht mehr gab.

Der Bus bremste ab, sie erhoben sich und stiegen an der Haltestelle aus.

Direkt vor ihnen standen zwei Bäume und ein ziemlich lauter Vogel begrüßte sie von einem Ast aus mit seinem Gezwitscher.

Da konnte einem wirklich das Herz aufgehen, wenn Nele das nicht schon in der Nacht bei ihm getan hätte.

Händchen haltend schlenderten sie eine Dorfstraße entlang und wieder blickte er nur sie an.

„Hier wohne ich“, erzählte Nele dann und sie standen vor ein kleines Zweifamilienhaus.

Eine rosa Fassade, ein rotes Dach und der obligatorische weiße Lattenzaun machen das idyllische Bild komplett. Das sah wie die Illustration eines Buches von Astrid Lindgren aus und es fehlte wohl nur noch ein kleiner Junge, der im Garten spielte.

Nele öffnete das Gartentor und betrat einen kleinen Vorgarten. Bunte Blumen säumten den Weg.

„Unsere Nachbarin hat sich all die Jahre meiner Abwesenheit um den Garten gekümmert. Sie hat wirklich ein Händchen für Blumen“, erklärte Nele ihm und tanzte regelrecht zur Haustür hinüber.

Hinter der Haustür endete das beschauliche Dorf, denn das Haus war ziemlich modern und schick eingerichtet. Helle Möbel und Wände gestalteten den Eingangsbereich freundlich und eine Sitzgruppe neben der offenen Küche lud zum Verweilen ein.

„Ich wohne nur hier unten. Das waren damals die Räume meiner Großmutter. Warte einfach hier, ich hole meinen Bikini und die Decken“, sagte Nele und zeigte auf die Stühle in der Küche, dann rannte sie in eines der Zimmer.

Das Haus war sauber und gepflegt und das, wo Nele doch ein paar Jahre nicht hier gelebt hatte. Die Nachbarin schien nicht nur ein Händchen für Blumen zu haben.

Und in all der blitzblanken Ordnung und Sauberkeit zog eine Fährte von auf dem Boden liegenden Kleidungsstücken jetzt seine Aufmerksamkeit auf sich.

Vom Bad bis zur Stube hatte Nele eine Spur gelegt, wie sie damals auch Hänsel durch den Wald gezogen hatte, allerdings hier mit Kleidungsstücken.

Vor der Badtür lag ein Slip, ein paar Schritte weiter ein BH, dann zwei Strümpfe, eine Hose und zum Schluss ein T-Shirt. Neles Aufbruch am Tage zuvor musste wohl ziemlich hektisch gewesen sein.

Er begann die Kleidungsstücke nacheinander aufzusammeln und befand sich schließlich mit dem Shirt in der Hand vor ihrem Stubentisch, doch auch der sah ziemlich unordentlich aus. Der PC stand in einem wüsten Haufen von bedrucktem Papier.

Chris legte ihre Sachen auf dem Stuhl ab und wollte schon wieder zurück zur Küche gehen, als ein halb verdecktes Bild eines Blattes ihn neugierig machte. Das Motiv darauf hatte er schon mal irgendwo gesehen.

Vorsichtig zog er das Papier hervor und erkannte das Bild, das seinen Vater mit dessen neuer Familie zeigte.

Jetzt überflog Chris die Überschriften von allen dort liegenden Ausdrucken und es waren alles Zeitungsartikel, die sich auf seinen Vater bezogen.

Ein Verdacht kam in ihm auf: war Nele eine Journalistin von so einem Klatschblatt, die etwas über seinen Vater schreiben wollte?

Jetzt deutete er so einige Dinge der letzten Tage um und sah vor sich schon die großen und reißerischen Überschriften, die Nele eventuell verfassen würde.

Er fühlte sich missbraucht und ausgenutzt und die Wut darüber kochte in ihm hoch.

Gerade eben hatte er sich zum ersten Male in seinem Leben einem anderen Menschen geöffnet und schon war das auch wieder für irgendwelche hinterhältigen Zwecke ausgenutzt worden.

„Ich bin fertig, wir können", flötete Nele vom Flur aus.

In ihm brodelte es und am liebsten hätte er sie jetzt angeschrien. Nur mit Mühe hielt er sich zurück, als sie lächelnd vor ihn trat.

Er hielt ihr das Blatt mit dem Foto seines Vaters wie eine Anklage vor die Nase.

„Ach das", begann Nele und nahm ihm den Bogen an.

„Weißt du, du warst so komisch, als ich dich nach deinem Vater gefragt habe, da hat es mich interessiert, warum du so ausgerastet bist. Jetzt weiß ich es und kann dich nur noch einmal um

Verzeihung bitten“, erklärte sie, drehte das Blatt um und zeigte auf das Foto von Vaters neuer Familie.

Konnte das stimmen?

Der Zweifel nagte noch tief in ihm, aber ihre Antwort war ohne Zögern sofort gekommen. Wenn man jemanden bei etwas Verbotenem erwischte, dann druckste derjenige doch erst einmal herum und suchte nach einer Antwort.

Wie Ramona damals, als er sie auf den Chef und den Kopierraum angesprochen hatte.

Der Ärger verflog vollends, als Nele ihm einen Kuss gab, das Blatt zerriss, und danach alle Seiten zusammenraffte und in den Papierkorb warf.

„Können wir dann jetzt?“, fragte sie unschuldig lächelnd und hielt einen ziemlich knappen Bikini hoch.

26. Kapitel

Ins kalte Wasser

Das hätte verdammt ins Auge gehen können. Nur der jahrelangen intensiven Schulung war es zu verdanken, dass Chris jetzt noch hier war und nicht wütend das Weite gesucht hatte.

Der Zorn und Ärger war noch immer deutlich in seinem Gesicht zu sehen.

„Wollen wir uns noch was zum Picknick mitnehmen? Eis gibt es dort, aber nichts sonst", lenkte sie seine Gedanken jetzt in eine andere Richtung.

Es waren lange eingeübte Psychotricks, mit denen sie jeden Mann mühelos um den Finger wickeln konnte: Augenaufschlag, Lächeln und der sexy Bikini, dazu das Essen, aber eigentlich wollte sie das bei Chris nicht.

Sie wollte ehrlich und offen ihm gegenüber sein, aber dafür war es momentan eine viel zu explosive Stimmung.

„Ich schaue mal im Kühlschrank mach, was Margot da so für mich eingekauft hat", flötete sie gezwungen und schlenderte hüftschwingend von ihm fort in die Küche.

Wenn er darauf nicht ansprang, dann war wirklich schon jetzt alles vorbei.

Sie wagte nicht, sich umzudrehen, aber sie spürte seinen Blick in ihrem Rücken.

Chris hatte angebissen und hing an ihrer Angel. Das war schade und gut zugleich.

„Da im Schrank muss noch eine Kühlbox sein“, sagte sie und zeigte auf den Küchenschrank.

Sie wusste zwar nicht, ob er ihr gefolgt war, aber als er den Schrank neben ihr öffnete, da jubilierte ihr Herz.

Schnell räumte sie ein paar Dinge aus dem Kühlschrank in die Box: Käse, Joghurt, Wein und Brot. Ein paar Teller, Gläser und Besteck folgten noch. Dann nahmen sie die Box, die Decken und eine Tasche und gingen zum Schuppen hinaus.

„Das war das Fahrrad meines Vaters. Das ist schon ewig nicht mehr gefahren, aber ich denke mal, dass du das in den Griff bekommst“, erklärte sie und zeigte auf das blaue Mountainbike, das ihr Vater immer so geliebt hatte.

Es quietschte etwas, als Chris es aus dem Schuppen schob, aber mit ein paar Tropfen Öl erledigte er das sofort.

Sie bepackten die beiden Räder und rollten los.

„Es ist nicht weit. Etwa fünfzehn Minuten und das meiste davon bergab“, erklärte sie und blickte zu ihm hinüber.

Seit dem Betreten des Hauses hatte er kein Wort mehr gesagt. Noch immer war ganz offensichtlich der Zweifel nicht gänzlich aus seinem Kopf gewichen, aber er war bei ihr.

Momentan zählte nur das.

Der nächste Psychotrick musste her. Innerlich fluchte Nele, nach außen hin plapperte sie fröhlich von den Radtouren mit Familie und Freundinnen in der Kindheit.

Verzweifelt suchte sie dabei in ihren Gedanken nach einer Möglichkeit, sein Vertrauen zurückzugewinnen. Sex im Kornfeld neben dem Weg konnte helfen, aber dazu war er wohl noch immer zu verklemmt.

Sie musste mit ihm zurück auf eine kindliche und sorgenfreie Ebene.

Das Wasser des Sees schimmerte schon so verlockend durch die Bäume.

„Los, wer zuletzt am See ist, ist eine lahme Ente!", stieß sie aus und trat in die Pedale.

Dieser kindliche Wettstreit war wohl das Blödeste, was ihr eingefallen war, aber Chris ließ sich sofort darauf ein.

Er jagte regelrecht los und es dauerte nur einen Moment, bis er sie eingeholt hatte.

Sie erhob sich vom Sattel und beschleunigte noch einmal, aber gegen das Rennrad des Vaters mit den großen Rädern hätte sie sowieso nur wenige Chancen.

Und sie musste ihn auch noch unbedingt gewinnen lassen. Nicht so offensichtlich, aber dennoch deutlich.

Nebeneinander jagten sie den letzten Kilometer dahin und Chris wurde immer schneller.

Er hatte etwa zehn Meter Vorsprung, als sie beide die Liegewiese erreichten.

„Na? Wer ist hier die lahme Ente!", stieß er triumphierend aus, als sie bei ihm anhielt.

Der Trick hatte perfekt funktioniert.

Jede andere Frau hätte jetzt wohl geschmollt, sie jedoch fiel ihm freudig um den Hals und küsste ihn.

Noch im kindlichen Spiel gefangen, erwiderte er den Kuss sofort.

Danach blickte sie sich um.

Für einen Samstag im Mai war hier ganz schön was los, doch damit war es allerdings leider nicht der beschauliche Ort, den sie sich gerade für das intime Stelldichein gewünscht hatte, aber es würde schon gehen.

Momentan war es viel wichtiger, sein Vertrauen zurückzugewinnen, der Rest käme dann einfach etwas später.

Sie ließ ihren Blick über die Wiese schweifen. Dutzende Menschen hatten offenbar an diesem Tage denselben Gedanken wie sie gehabt. Familien mit kleinen Kindern, Teenager und Pärchen hatten sich auf der Liegewiese verteilt und auch den aus ihrer Kindheit noch gut bekannten Eisstand gab es noch.

Ein paar kleine Kinder umlagerten den alten Eismann, wie sie es damals ebenfalls gemacht hatte.

„Onkel Erwin ist immer noch hier“, rief sie freudig aus und zeigte auf den Mann.

Ewig schien das her zu sein.

„Er ist nicht wirklich mein Onkel, nur ein Freund meiner Familie von damals“, setzte sie für Chris hinzu.

„Hier ist ganz schön was los“, bemerkte jetzt auch Chris und zu zweit suchten sie einen freien Platz am Rand.

Sie schlossen die Räder an einen Baum, rollten die Decken aus und Chris hielt ihr eine davon vor den Körper, damit sie sich umziehen konnte. Er selbst hatte die Badehose schon darunter.

Alles schien ihr hier so unglaublich vertraut und fast meinte sie, wieder die Stimme der Mutter zu hören, die sie aufforderte, nicht zu weit hinauszuschwimmen.

Der rote und modische Bikini passte wie angegossen und war offenbar eine Augenweide, denn Chris konnte gerade seinen Blick nicht davon lösen.

In der Nacht hatten sie sich im Dunklen geliebt, jetzt sah er gerade etwas mehr von ihrer Figur und seine Blicke schmeichelten ihr.

Versonnen schaute sie auf das glitzernde Wasser hinaus. Die sogenannte Liebesinsel lag in der Mitte des Sees. Es war nur eine kleine Sand-

bank, bewachsen mit etwas Gras und einigen Ge-
büschen, nicht einmal hundert Meter im Durch-
messer, und diese Miniinsel befand sich nur etwas mehr wie zweihundert Meter vom Ufer entfernt.

Dieses winzige und sicherlich einsame Eiland
schien sie jetzt förmlich zu rufen. Dort konnte sie
eventuell die Abgeschiedenheit finden, die sie für
das Stelldichein mit Chris jetzt brauchte. Hier
unter all den Besuchern konnte der rote und sexy
Bikini nicht seine volle Wirkung entfalten.

„Nächste Wette: wer zuerst auf der Insel ist,
der darf sich was wünschen!", rief sie aus, zeigte
dorthin und sprang auf.

Gehetzt rannte sie zum Ufer hinab.

Diese Wette wollte sie unbedingt gewinnen
und sie würde es auch, denn sie war eine sehr
gute und geübte Schwimmerin.

Mit kräftigen Armzügen kraulte sie in Re-
kordzeit durch das Wasser hinüber.

Eigentlich war es hinterhältig, denn er hatte
ihr ja bereits gesagt, dass er lange nicht geschwommen war, aber sie hatte einen Plan damit
und der musste einfach aufgehen.

Nele saß schon lange am Ufer, als Chris vor
ihr aus dem Wasser stieg.

„Und was wünschst du dir?", fragte er, als er
sich neben ihr niederließ.

Sie sah ihm in die Augen und entgegnete:
„Einen Kuss! Und dass wir uns immer nur noch die Wahrheit sagen!"

„Das sind ja zwei Wünsche, aber das zweite möchte ich ebenfalls", antwortete er und kam ihr mit dem Gesicht entgegen.

Seine Lippen fanden die ihren und es war abermals der Himmel auf Erden.

Nele hielt ihn fest und ließ sich im Kuss nach hinten fallen.

Damit lag Chris jetzt notgedrungen halb über ihr und wie von selbst wanderte seine Hand auf ihre Brust.

Das war wirklich schön und Millionen von Schmetterlingen kreisten durch ihren Bauch.

27. Kapitel

Robinson und Samstag

Es war einfach nur wundervoll mit Nele. Gerade lagen sie beide nackt auf der kleinen Insel, denn der Kuss hatte dazu geführt, dass sie sich soeben, wie vermutlich von ihr beabsichtigt, leidenschaftlich geliebt hatten.

Auf dem Rücken liegend schauten sie zusammen zu den Wolken hinauf und momentan war es ihm völlig egal, dass sich nur wenige hundert Meter entfernt viele Menschen tummelten, weil diese Insel nur für sie beide da war.

In der Kindheit hatte er das Buch Robinson Crusoe geliebt und gerade fühlte er sich so, wie sein Held aus Kindertagen.

Auf diesem einsamen Eiland hatte er seinen Gefährten gefunden, nur mit dem Unterschied, dass es in seinem Falle eine Gefährtin war und Samstag, nicht Freitag.

Die Freundin lag neben ihm, er rollte sich auf die Seite und blickte sie an.

Nele lag lang ausgestreckt im niedrigen Gras, hatte eine Hand hinter dem Kopf und ein Knie angezogen.

In Ermangelung eines Kondoms war er auf ihr gekommen und soeben rieb sie sinnlich lächelnd seine Spuren mit den Fingerspitzen von ihrem Bauch.

Die beiderseits aufsteigende Leidenschaft hatte einfach keine Zeit gelassen, um noch einmal nach drüben zu schwimmen und sich dort ein Präservativ zu holen, wobei Nele ihn wohl auch kaum einfach so aus ihrem Griff gelassen hätte.

Jetzt führte sie ihre Fingerspitzen zum Mund, kostete davon und blickte dabei versonnen zum Himmel hinauf.

In der Nacht hatten sie sich im schummrigen Mondlicht geliebt, jetzt bot sie ihm im Sonnenschein einen wundervollen Blick auf ihren wirklich perfekten Körper.

Und er konnte seine Augen nicht von ihr abwenden, denn es war so ein göttlicher Anblick, wie sie da vor ihm lag.

Ihre Brüste waren nicht zu groß und nicht zu klein, genau richtig, die Kurven ihrer Hüften hatten die richtigen Proportionen, die Linie ihrer Beine schien unendlich zu sein und wo sie sich oben trafen, da befand sich der Eingang zum Paradies, bewacht von einem sauber abgegrenzten schwarzen Lockendreieck.

In seiner Jugend im Heim hatten die anderen Jungs mitunter die Bilder der Models aus den Hochglanzmagazinen oder Erotikzeitungen herausgerissen und in ihre Schränke geklebt. Momentan stach Nele jedes dieser Bilder um Welten aus.

Wassertropfen glitzerten auf ihrer Haut und es war nicht klar, ob sie aus dem See stammten oder aus der Glut der Liebe entsprungen waren.

Mit dem Finger tupfte er einen der Tropfen von ihrer Brust, kostete ihn und schmeckte ihr Salz auf seiner Zunge.

„Hier könnte ich ewig bleiben", seufzte sie und drehte ihm ihr Gesicht zu.

„Dann sollten wir das tun!", gab er ihr zurück und konnte auch weiterhin keinen Blick von ihrer Figur lösen.

„Das geht leider nicht", antworte sie.

„Und warum nicht?", erwiderte er.

„Weil ich dummerweise die Sonnencreme da drüben vergessen habe und die Sonne bestimmt in einer Stunde deinen wunderschönen hellen Körper in ein gemeines Rot verwandelt", antwortet sie ihm lächelnd und strich mit den Fingern über seine Brust.

Neles Haut war schon vorgebräunt und er war wirklich bis gerade eben noch bleich wie ein Käse gewesen.

Ihre strahlend weißen Zähne blitzen auf, als sie ihn schelmisch anlachte.

„Also wieder zurück?", fragte er.

„Ja, aber mit gemischten Gefühlen! Zu gern würde ich nämlich noch hier bleiben, aber diesmal lasse ich dich vielleicht gewinnen", antwortete sie und hob ihm ihr Gesicht zum Kuss entgegen.

Ihre Lippen waren weich, voll und sinnlich, und dieser Kuss machte Lust auf mehr.

„Ein wenig Zeit haben wir wohl noch", stellte sie fest, als auch sie sich diesem Gefühl nicht mehr entziehen konnte und ihm den Weg zum Paradies freigab.

Unter der Sonne liebten sie sich auf ihrem einsamen Atoll, Nele kam ihm schnaufend entgegen und schließlich stöhnte sie: „Komm in mir!"

Und während sie zitternd vor Gier unter ihm lag, kam er ihrem Wusch gern nach.

Glücklich fiel er auf sie, sie küsste ihn und strahlte dabei mit der Sonne um die Wette. Auch ihr war das gefundene Glück deutlich anzusehen.

Chris rutschte zur Seite, streichelte abermals ihre Brust, die offenbar immer noch sehr empfindlich war, denn Nele stöhnte dabei laut auf und zuckte vor Lust zusammen.

Noch im völligen Glück dieser Vereinigung erzählte er: „Ich habe mal bei einem Dichter gelesen, dass einzig der Mensch wirklich zur Lust fähig ist, denn nur er ist mit dem Vermögen des Denkens begabt. Er erwartet Lust, sucht sie und er verschafft sie sich und erinnert sich immer wieder daran, wenn er sie einmal genossen hat."

„Wenn ich mich richtig erinnere, dann hat Casanova so was in der Art gesagt und ich kann ihm nur zustimmen", seufzte Nele auf und drehte sich auf die Seite ihm zu.

Den Kopf in die Hand gestützt blickte sie ihn einfach nur an und wenig später beugte sie sich über ihn und küsste ihn, doch diesmal löste sie sich viel zu schnell aus diesem Kuss, richtete sich auf und sagte: „Aber Denken? Ich habe fast mein ganzes bisheriges Leben lang nur rational meine Entscheidungen getroffen. Jetzt möchte ich fühlen, mit dir zusammen diesen Kelch des Verlangens bis zur Neige auskosten, bis zum letzten Tropfen, mich dir einfach hingeben können. Das gerade hier erlebte war einfach nur viel zu schön. Allerdings ist dein Rücken gerade einigermaßen rot. Das muss doch sicherlich schon brennen und ich möchte nicht, dass du dir einen Sonnenbrand holst. Also müssen wir erst mal wieder nach da drüben!“; seufzte sie und zeigte zur Liegewiese hinüber.

Schnell suchte sie die beiden Teile ihres Bikinis, im Sitzen zog sie sich ihr Höschen an, schloss ihr Oberteil mit flinken Fingern und fragte: „Wollen wir?“

Eigentlich wollte er gerade etwas ganz anderes, und das ging besser ohne Kleidung, aber sie sprach sicherlich vom Aufbruch nach drüben und sie hatte wirklich damit recht, dass die Hitze auf seinem Rücken bereits ziemlich beträchtlich war.

Flugs zog er sich die Badehose an, dachte wieder an die Wette und erkundigte sich daher bei ihr: „Worum geht es diesmal?“

„Der Verlierer zahlt das Eis!“, erklärte sie, sprang auf und stürzte sich in den See.

Sofort jagte er hinter ihr her.

Sie war wirklich schnell, aber er holte immer mehr auf.

Zusammen betraten sie das andere Ufer und Nele erklärte lachend: „Unentschieden! Jeder zahlt sein Eis selbst!“

Nebeneinander gingen sie über die Wiese zum Eisstand hinüber.

„Hallo, Onkel Erwin!“, sagte sie, als sie endlich an der Reihe waren.

Der Mann grübelte sichtlich und sie erlöste ihn nach einer Minute: „Ich bin Nele Freimann!“

„Die Tochter von Bernd und Marion?“, fragte Erwin zurück.

Als sie nickte, umarmte der alte Mann sie.

„Mein Gott! Wie lange ist das her?“, stieß er aus.

„Zwölf Jahre, seit dem Unfall“, entgegnete Nele.

„Du musst mir alles erzählen“, antwortete Erwin, aber ein paar kleine Kinder hinter ihnen quengelten schon.

„Mache ich. Wohnst du immer noch dort?“, erkundigte sich Nele.

Erwin nickte und übergab ihr ein Eis.

„Bananensplit! Wie damals“, erklärte er und Nele strahlte ihn dankbar an.

Chris holte sich ein Eis mit Nüssen und sie schlenderten schleckend zurück zur Decke.

„Was meintest du mit dem Unfall?", fragte er sie.

„Erwin hatte damals die guten Kontakte und zu meinem zwölften Geburtstag hatte er mit meinem Vater zusammen organisiert, dass ich einen Elefanten streicheln durfte. Auf dem Weg dorthin hat uns ein LKW gerammt. Meine Eltern waren sofort tot, ich schwer verletzt. Von einer Sekunde zur anderen war mein Leben völlig anders! So einfach", sagte sie, schnippte mit den Fingern und setzte fort: „Kann ein Lebensfunke verlöschen!"

„Das tut mir leid", entgegnete er.

„Ich bin dann bei meiner Tante geblieben, das hatte ich dir ja schon erzählt", erklärte sie weiter und setzte sich auf die Decke.

„Bei ihr in Japan habe ich viel gelernt. Die Zen Mönche im Tempel haben mir dann noch erklärt, dass man immer vollständig im jetzigen Moment leben muss. Keiner weiß, was morgen wird! Und dieser Tag ist doch einfach nur ein himmlisches Geschenk. Oder?", bemerkte sie und schaute ihn an.

Da war so ein glückliches Funkeln in ihren braunen Augen. Kein Schmerz um den Verlust der Eltern war darin zu finden. In seinem eigenen Inneren war da hingegen immer noch der Groll um den Tod der Mutter und den Verrat des Vaters.

182

Nele war da so viel weiter und er konnte sicherlich noch so viel von ihr lernen!

„Japan soll sehr schön sein", begann er und merkte, dass er damit eigentlich von seinen eigenen Problemen ablenken wollte.

„Ja! Das ist es wirklich", erklärte Nele und ihre Augen strahlen noch ein wenig mehr.

„Der Winter im Gebirge, die mächtigen Schwarzkiefern, die wunderschönen Tempel aus der alten Zeit!", schwärmte sie regelrecht.

„Ninjas und Samurai!", setzte er fort.

Nele sah ihn verwundert an.

„Na ja, ich sage nur so! Ich kenne es nur aus den Filmen!", setzte er ihr entgegen und machte ein paar Bewegungen, die er in den Filmen gesehen hatte.

Nele lachte schallend und es schüttelte sie regelrecht durch.

„Wenn du willst, dann erzähle ich dir mal etwas davon, wie Japan wirklich ist. Und nicht diesen modernen Mist! Ohne Hu Ha, Sayonara, diese Stimmungshits des deutschen Schlagers und ohne schwarz gekleidete Gestalten in der Nacht. Da gibt es so vieles mehr. Die Teezeremonie zum Beispiel. Geishas, Kirschblütenfest, Shintotempel und Bonsaigärten. Traditionelle Musik und Zen!", setzte sie fort.

„Und Sushi", entgegnete er.

„Ja, das auch, aber handgemacht!", stimmte sie ihm zu.

„Dein Eis schmilzt", erklärte er, weil ihr das geschmolzene Eis über die Finger lief.

Sie schien es nicht bemerkt zu haben, so vertieft war sie bereits in ihre Erzählung.

Schnell schleckte sie sich jetzt die Kreme von den Fingern und seufzte: „Das schmeckt fast so gut, wie du!"

Danach lachte sie glücklich wie ein Kind und schaufelte sich zügig den Rest ihrer Eiscreme in den Mund.

„Woher kennst du so viel von Japan? Du hast zwar da gelebt, aber als Besucher oder Gast lernt man das doch nicht. Ich habe mal gehört, dass die dort ziemlich verschlossen Fremden gegenüber sind", erwiderte er.

Nele verschluckte sich dabei an ihrem Sahneeis und musste husten.

28. Kapitel

Die ganze Wahrheit?!

Noch überlegte sie, ob sie ihm wirklich die Wahrheit sagen konnte. Natürlich wäre es jetzt einfach, zu behaupten, dass man das Land automatisch kennenlernt, wenn man zwölf Jahre da wohnt und am gemeinschaftlichen Leben teilnimmt, aber das kam ihr falsch vor.

Sie blickte zur Insel hinüber und ihr dort ausgesprochener Wunsch fiel ihr jetzt wieder ein.

Sie hätte Chris belügen können, doch sie sollte die Wahrheit sagen. Tief in sich hörte sie die Stimme des Torwächters, der ihr offenbarte: „Du hast es dir gewünscht und so wird es sein!"

Noch einen Moment zögerte sie, dann erklärte sie: „Ich habe dies alles in der Ausbildung bei meinem Onkel lernen müssen. Er hat aus mir eine Kunoichi gemacht!"

In Chris' Augen sah sie die Frage und daher setzte sie hinzu: „Kunoichi sind die weiblichen Shinobi, Ninjas, wenn du so willst!"

Sein Gesichtsausdruck wurde ungläubig und er zog die Augenbrauen hoch.

Seufzend nickte sie nur. Jedes Wort wäre jetzt falsch.

„Ähm, so richtig als schwarze Figur übers Dach laufen und Wurfsterne werfend?“, erwiderte er.

„Das hat nicht mal 10 % mit dem zu tun, was Kunoichi wirklich tun“, seufzte sie und wischte sich die Hände an einem Taschentuch ab.

„Und was war dann gestern Abend? Da hättest du die fünf Typen doch leicht alleine fertig machen können?“, setzte er ihr entgegen.

„Möglicherweise. Ich habe einfach nur Glück gehabt, dass sie einzeln gekommen sind. Gegen alle fünf auf einmal hätte ich sicher verloren“, antwortete sie.

„Aber Ninjas können doch alles! Die zerschlagen auch dicke Bretter mit der bloßen Hand!“, begann Chris.

„Höre endlich mit dem Mist auf!“, brach es zornig unvermittelt aus ihr heraus.

„Aber“, erwiderte Chris.

„Wenn mich jemals ein Brett angreifen sollte, dann werde ich das mal versuchen“, bemerkte sie nur leise.

Im Moment war sie einfach nur wütend, aber mehr auf sich selbst, weil sie gerade die Beherrschung verloren hatte.

Warum hatte sie nur damit angefangen?

Tief in sich hörte sie den Torwächter lachen. „Du wolltest es ja so“, flüsterte er.

Dem war wohl auch wirklich so und jetzt musste sie es Chris nur noch erklären.

„Mein Onkel hat mir immer erzählt, wenn es zu einem Kampf kommt, dann hat ein Shinobi bereits verloren. Der Sinn der Sache ist ja, im Hintergrund und unentdeckt zu operieren. Bei einem Kampf bleiben immer Spuren zurück und damit ist die Mission bereits aufgedeckt“, erläuterte sie ihm leise.

„Und was machst du dann hier?“, erkundigte er sich.

„Weißt du, das habe ich mich auch schon oft gefragt, aber mit jedem Tag, den ich hier bin, finde ich mehr zu mir selbst zurück. Ich musste hierher, um meine Wurzel wiederzufinden und dich zu treffen. Ich spüre tief in mir, dass ich dich liebe!“, hauchte sie und blickte ihn an.

„Ich glaube, ich habe mich ebenfalls in dich verliebt“, erwiderte Chris und gab ihr einen Kuss.

„Und jetzt schmiere ich dich erst mal ein, damit du nicht verbrennst“, entgegnete sie und griff sich die Cremetube.

Chris legte sich auf die Decke und sie cremte ihn großzügig ein.

Das machte sie jetzt allerdings nicht mehr, weil es ihr Auftrag war, ihn vor allen Gefahren zu beschützen, sondern weil sie tief in sich diese unendlich große Liebe zu ihm spürte. Aber noch kannte er nicht die ganze Wahrheit! Nur einen kleinen Teil davon, den unwichtigen.

„Und dich schmiere ich dann auch noch ein“, erklärte er liegend und bekam dafür einen weiteren Kuss von ihr, bevor sie ihm die Tube in die Hand drückte und sich danach auf die Decke legte.

Zärtlich und sorgfältig strich er ihr den ganzen Körper ein.

Wenn sie jetzt auf der Insel gewesen wären, dann hätte sie sich augenblicklich erneut auf ihn gestürzt, doch so schluckte sie einfach nur die aufsteigende Gier herunter und genoss einfach die sinnlichen Berührungen.

Schließlich lagen sie nebeneinander auf dem Bauch.

„Und was möchtest du dann hier machen? Bei uns gibt es für Ninjas nicht ganz so viel zu tun", erklärte er.

„Wenn du wüsstest", sauste es durch ihren Kopf.

„Ich würde gern was mit kleinen Kindern machen, das hatte ich dir ja schon erzählt. So im Kindergarten oder als Tagesmutter. Das könnte ich mir gut vorstellen. Ich habe bei meiner Tante auch eine pädagogische Ausbildung gemacht, sie ist Lehrerin und eventuell wird mein Anschluss auch hier anerkannt!", antwortete sie ihm.

Jetzt begann sie von Japan zu erzählen, von der Natur und den Menschen dort.

Geduldig hörte Chris zu, bis er sie unterbrach: „Und was hat dich jetzt wirklich hierhergeführt?"

Tief in sich hörte sie den Torwächter lachen und biss sich auf die Lippe. Sollte sie wirklich die ganze Wahrheit sagen?

Sie konnte nicht mehr anders, sie musste es!

Schließlich nahm sie einen tiefen Atemzug und begann: „Dein Vater wird erpresst und hat meinen Onkel gebeten, dass jemand auf dich aufpasst!"

Chris' Augen wurden groß.

„Mein Vater hat dich auf mich angesetzt?", brach es aus ihm heraus und er fuhr hoch.

War jetzt alles aus?

Aber es hatte so kommen müssen. Wenn der Torwächter erst mal die Pforte aufgestoßen hatte, dann führte der Weg nur hindurch und niemals wieder zurück.

Und hatte man den ersten Schritt gemacht, so gab es kein Rückwärts mehr.

„Indirekt schon", erwiderte sie und richtete sich ebenfalls auf.

Jetzt kniete sie neben ihm und der bereits vergessen geglaubte Zorn war wieder in seinem Gesicht.

„Du hast mit mir geschlafen, weil er das so wollte?", stieß Chris laut aus.

„Nein! Weil ich mich in dich verliebt habe", entgegnete sie ihm.

Chris suchte soeben seine Sachen und sie war kurz davor diese große Liebe zu verlieren.

„Bitte bleib!“, sagte sie flehend und griff nach seiner Hand.

„Ich hätte dich auch anlügen können, aber das will ich nicht mehr. Dein Vater hat nicht gewusst, dass mein Onkel mich schickt. Und mein Onkel hat sicherlich auch nicht erwartet, dass ich so unprofessionell bin, mich in dich zu verlieben, aber es ist einfach so! Bitte, Chris!“, bettelte sie ihn an.

Hatte sie gerade ihre große Liebe zerstört?

Die ersten Tränen stiegen auf und diesmal war es kein Trick, sondern der tiefe Kummer ihrer Seele.

„Chris, bitte! Ich liebe dich!“, schluchzte sie und sah zu ihm auf.

Er zögerte, mit dem T-Shirt in der Hand.

Bestand noch Hoffnung für sie?

Ein leichter Hauch von Zuversicht senkte sich in ihr Herz.

„Wer die Wahrheit sagt, der kann doch nicht falsch handeln. Oder?“, seufzte sie leise.

29. Kapitel

Nur ein Tee?

Nele kniete vor ihm, umklammerte sein Handgelenk und die Tränen liefen ihr über die Wangen. Das war definitiv nicht gespielt und auch er selbst fühlte diesen grenzenlosen Schmerz in seiner Brust.

Es durfte nicht so enden!

Und Nele hatte doch recht, sie hätte ihm sonst etwas vorlügen können und sie war dennoch bei der Wahrheit geblieben.

Worauf also war er wirklich wütend? Dass sie ihm nichts gesagte hätte? Was hätte es ihm oder ihr genutzt, wenn er es gewusst hätte?

Jetzt wusste er es doch!

Er ließ das T-Shirt fallen, kniete sich vor sie und zog ein Taschentuch aus der Packung.

Vorsichtig tupfte er ihr die Tränen ab.

„Bitte weine nicht mehr", sagte er zu ihr.

Nur langsam wurde ihr Schluchzen leiser und sie beruhigte sich wieder.

Im Knien lehnte sie ihren Kopf an seine Schulter, er nahm sie in den Arm, hielt sie einfach fest und so blieben sie eine ganze Weile.

Sehr viel später saßen sie nebeneinander auf der Decke und blickten zu der kleinen Insel hinüber.

Nele begann leise von Japan und dem Leben dort zu erzählen.

Sein Herz schlug mit ihr mit und er sah die Gegend wirklich vor sich, wie Nele alles so plastisch beschrieb, und man könnte denken, man wäre jetzt dort.

Schließlich stimmte sie einen alten Gesang an, ein japanisches Bauernlied wehte damit über den kleinen See in Mitteldeutschland und er fand das nicht sonderbar.

Tief in sich fühlte er bei diesem Lied abermals, dass Nele wohl der Mensch war, mit dem er sein weiteres Leben teilen wollte.

Es schien ihm so, als ob er sie bereits ewig kennen würde und sein kleines Herz nur darauf gewartet hätte, ihr zu begegnen, nie wieder wollte er sie von sich lassen!

Der Nachmittag verging mit schwimmen, schlemmen aus der Kühlbox, lachen und singen.

Nichts schien mehr zwischen ihnen zu stehen und natürlich besuchten sie auch noch ein zweites Mal ihre kleine Insel der Liebe.

Schließlich radelten sie beschwingt zurück zu ihrem Haus und schoben die Räder in den kleinen Schuppen.

An der Haustür verabschiedeten sie sich mit einem Kuss und Nele erklärte: „Ich erwarte dich morgen früh um zehn Uhr wieder hier. Ich habe eine Überraschung für dich, aber dafür muss ich noch etwas vorbereiten!"

„Ich habe ebenfalls noch etwas zu erledigen“, entgegnete er und konnte sie dennoch nur schwer wieder loslassen.

Schließlich riss er sich los, rannte zum Bus und fuhr zurück in die Stadt.

Er war gespannt, was Nele wohl für ihn vorbereiten würde und er selbst überlegte sich eine Überraschung für Nele.

Sein Herz wies ihm den Weg und er lächelte in sich hinein.

१҉ ҉१

Pünktlich kurz von zehn Uhr des Sonntages näherte er sich, mit einem großen Blumenstrauß, der jetzt schon so vertraut scheinenden Haustür, dort klingelte er und wartete mit klopfendem Herzen darauf, dass Nele ihn einlassen würde.

Es dauerte einen Moment, dann öffnete sie ihm und er war für einen Moment verwundert.

Nele war völlig verändert. So ähnlich hatten die Frauen in den japanischen Filmen immer ausgesehen, die er als Kind so geliebt hatte.

Das Haar war anders frisiert und sie trug einen wunderschönen groß geblümten Kimono, der ihr wirklich perfekt stand.

„Tritt ein, mein Herr“, säuselte sie und verbeugte sich vor ihm.

Er folgte ihrer Aufforderung und dachte noch im letzten Moment daran, dass man in Japan ein Haus niemals mit Schuhen betrat.

Schnell streifte er die Schuhe ab und ging in Socken weiter.

Nele lächelte glücklich, führte ihn mit wirklich winzigen Schritten bis in ihre Stube und auch dieser Raum war über Nacht völlig verändert, die Möbel waren zur Seite geschoben und ein papierner Aufsteller mit japanischen Motiven verbarg die Schrankwand.

Der kleine Altar war prächtig geschmückt und mitten in dem Raum stand ein niedriger Tisch, auf dem Nele bereits ein paar seltsame Gegenstände aufgestellt hatte.

Es wirkte mit alldem Interieur, als wären sie jetzt wirklich in einem Haus in Japan!

„Bitte nimm Platz, mein Herr", äußerte Nele, wies ihm mit der Hand einen Platz und verbeugte sich erneut.

Wie er es in den alten Filmen gesehen hatte, kniete er sich vor den Tisch.

Nele ließ sich elegant ihm gegenüber nieder und betätigte den Knopf des Wasserkochers. Das Gerät begann zu summen und er ahnte, dass sie hier gerade eine traditionelle Teezeremonie für ihn vorbereitete.

Er war aufgeregt und gespannt, denn am Tage zuvor hatte sie so viel von Japan erzählt und jetzt war er quasi mitten drin.

Mit akkuraten und wohl platzierten Griffen legte Nele schweigend und lächelnd alle ihre Gerätschaften in Position, dann schaltete der Wasserkocher ab und sie trat in Aktion.

Es sah faszinierend aus, wie sie die Teeschale säuberte, etwas Teepulver mit einem winzigen Spachtel aus einer kleinen lackierten Dose in die Schale füllte und danach das Wasser mit einem Bambuslöffel eingoss.

Jeder Handgriff wirkte perfekt und genau bestimmt.

Noch immer schwieg Nele und schlug jetzt mit einem Quirl aus Bambus den Tee in der Schale, bis er schaumig war.

Schließlich schob sie ihm die Schale herüber und verbeugte sich erneut.

Vorsichtig hob er die Schale an und trank einen Schluck von dem Tee. Es war ein eigenartiger Geschmack, etwas bitter am Anfang, aber dennoch sehr gut.

Nach dem Schluck stellte er die Schale ab, verbeugte sich ebenfalls und schob ihr die Teeschale zurück.

Nele verbeugte sich wieder, nahm die Schale und drehe sie so, dass sie dieselbe Stelle nahm, an der er getrunken hatte.

Damit vereinigen sich ihre Lippen auf der Schale.

Nach einem Schluck stellte sie die Schale zurück.

Sie lächelte ihn an und schob einen winzigen Teller mit kleinem Naschwerk zu ihm herüber. Er nahm sich einen Keks und biss in das köstliche Gebäck. Die Süße des Backwerks harmonierte perfekt mit der bitteren Note des Tees.

Auch Nele nahm sich ein Plätzchen und biss hinein.

Zum Schluss offenbarte sie leise: „Nach der Tradition meines kleinen Bergdorfes wären wir damit jetzt so etwas wie verlobt."

„Dann möchte ich das auch nach der Tradition meiner Heimat machen", entgegnete er und griff in seine Hosentasche.

Schnell zog er die kleine Schachtel heraus und klappte sie auf.

„Möchtest du meine Frau werden?", fragte er und hielt ihr den schönen silbernen Ring hin, den er am Tage zuvor in einem Schmuckgeschäft für sie gekauft hatte.

„Nichts lieber als das", seufzte Nele und hielt ihm die Hand hin.

Der Ring passte, als wäre er für sie gemacht.

30. Kapitel

Frau und Mann

Sie schaute den kleinen glänzenden Ring an, den ihr Chris soeben an den Finger gesteckt hatte, ihr Glück schien damit perfekt zu sein.

„Eines hätten wir jetzt noch zu tun", begann sie und sah die fragenden Augen des Mannes.

„In der kurzen Zeit habe ich leider keine traditionelle Unterwäsche bekommen", setzte sie fort und öffnete den Gürtel ihres Kimonos, dann erhob sie sich und das prachtvolle Kleidungsstück rutschte dadurch von ihren Schultern.

Nackt stand sie vor ihm, breitete ihre Arme aus und sagte laut: „Hier bin ich, mein Herr, nimm mich zur Frau!"

Jetzt sah sie erst recht seinen verwunderten Gesichtsausdruck und daher setzte sie fort: „Normalerweise legt jetzt der Mann seinen Kimono der Frau um und trägt sie dann über die Schwelle ihres neuen Zuhauses!"

Chris lächelte, erhob sich, nahm seine Jacke, hängte ihr diese um die Schultern und hob sie auf seine Arme.

Sie schmiegte sich an ihn an und er trug sie eilig in das Schlafzimmer hinüber.

Viel zu lange hatte sie diese Wonne vermisst und gab sich nur zu gern sofort seiner Leidenschaft preis, die auch ihre eigene war.

Stürmisch liebten sie sich und konnten ihre Lust ohne Hemmung herausschreien, bis sie wimmernd in seinen Armen lag.

Nachdem die erste Erregung abgeklungen und ihre Lust ein wenig zur Ruhe gekommen war, genoss sie danach ein weiteres Mal seine langsameren Bewegungen und auch das gefiel ihr hervorragen.

Es war einfach nur wundervoll, wie er instinktiv wusste, was sie gerade brauchte, ob er sie nun streicheln oder hart rannehmen sollte, Chris schien sie ohne Worte zu verstehen!

Etwas mehr wie eine Stunde später lagen sie sich beide schnaufend, kuschend und nackt in ihrem Bett im Arm und sie schmiegte sich ganz dicht an ihn an.

Sie lauschte dem Geräusch seines schnell schlagenden Herzens, der Wind wehte leise die zur Hälfte zugezogenen Gardinen in den halbschattigen Raum herein und sie fühlte sich so unendlich geborgen.

Es waren nicht nur die Glücksgefühle des gerade erlebten heftigen Liebesspieles, sondern das pure Glück, dass sie beide miteinander gefunden hatten.

„Sind wir nach der alten Tradition jetzt wirklich schon verheiratet?", fragte er japsend.

„Noch nicht ganz. Die Götter müssen noch ihren Segen geben. Dazu müssten wir aber in einen Shinto Schrein“, gab sie ihm zurück.

„Alles, was dich glücklich macht“, antwortete er.

„Du machst mich einfach nur glücklich“, seufzte sie und hielt die Hand mit dem Ring hoch, um ihn nochmals zu bewundern.

„Aber noch mal zu dem, was du mir gestern über meinen Vater erzählt hast“; begann Chris und sie hielt ihm den Mund zu.

„Daran will ich jetzt gerade nicht denken müssen“, flüsterte sie.

Er nahm ihre Hand und küsste ihre Finger, danach drehte er ihr das Gesicht zu und erzählte: „Ich habe ihn gestern angerufen. Er möchte sich heute mit mir treffen und ich würde dich gern mitnehmen. Ich könnte dich ihm ja als meine Freundin vorstellen!“

„Ich dachte, ich bin deine Verlobte“, antwortete sie und wedelte demonstrativ mit dem Ring vor seiner Nase herum.

„Das stimmt“, gab er ihr zurück und küsste sie.

„Wann willst du ihn denn treffen?“

„Um zwei Uhr in einem kleinen Café in der Innenstadt“, antwortete er.

„Da sollten wir uns jetzt aber beeilen. Der Bus braucht ja fast eine halbe Stunde und ich würde gern noch vorher duschen“, bemerkte sie und hob den Wecker an.

„Dann duschen wir einfach zusammen, da geht es schneller“, erwiderte Chris.

„Das denke ich kaum“, säuselte sie zurück, ließ den Wecker fallen und sprang aus dem Bett.

Er folgte ihr unverzüglich und jagte sie bis ins Bad.

Und selbstverständlich sorgte die Nähe, sein zärtliches Einseifen und die dadurch abermals angefachte Lust in der Duschkabine dafür, dass es wirklich wesentlich länger dauerte, als wenn jeder einzeln geduscht hätte, aber die danach erneut durch ihren Körper flutenden Glücksgefühle waren natürlich jedes Säumen wert.

Es war ziemlich schade, dass sie diese wundervollen Empfindungen erst jetzt gefunden hatte.

Viele Jahre hatte sie versäumt und jetzt hätte sie gern diese Erkundungen unaufhörlich fortgesetzt, um mit Chris zusammen noch so vieles mehr zu erfahren, aber leider drängte der Termin zum Aufbruch. Die nächste Nacht würde aber sicherlich nicht zum Schlafen genutzt werden! Höchstens zum miteinander schlafen!

An Chris‘ Seite verließ sie schließlich das Haus.

Das beschauliche Japan blieb hinter ihnen und die kleine Stadt in Deutschland umhüllte sie schon bald mit ihrem geschäftigen Trubel, aber die Zeit würde kommen, um diese Verlobung noch ausgiebig zu feiern.

Da sein Vater nicht wusste, wen ihr Onkel auf ihn angesetzt hatte, konnte er sie auch nicht erkennen und sie wollte in dem Gespräch ganz genau auf jede Gemütsregung des Mannes achten.

Es würde ihr sicherlich nicht entgehen, wenn er sie anlog, denn so gut hielt keiner sein Antlitz im Griff.

Unterwegs hatte sie für Chris ein paar Fragen auf einen Zettel geschrieben, die dieser im Bus noch auswendig gelernt hatte.

Die Fragestellung war explizit auf das bestehende Problem ausgelegt und sie war gespannt, wie der alte Mann darauf reagierte.

Das Café lag in einer Passage in der Innenstadt und bezeichnenderweise stand an deren Eingang die Figur von Mephisto, die auch auf dem Schreibtisch von Chris' Vater im Büro zu finden war.

Alles schien sich in dieser Gestalt zusammenzuballen. Und das konnte alles kein Zufall mehr sein!

Kurz blieb sie dort davor stehen und sah, wie der Teufel Faust den Weg wies und auch das war definitiv ein Zeichen für sie, dann zog Chris sie weiter, denn die Uhr über dem Durchgang sprang gerade auf 14 Uhr.

Mit Chris betrat sie das beschauliche Restaurant, sein Vater saß an einem Tisch und erhob sich, als sie zu ihm traten.

Er war sehr sympathisch und lächelte sie an, aber das war bei Politkern ja Standardausbildung. Die mussten die Herzen ihrer Wähler gewinnen und daher ließ sie sich von seiner freundlichen Geste nicht umgarnen.

„Hallo Vater, das ist Nele, meine Verlobte", stellte Chris sie sich gegenseitig vor.

„Hallo Chris, lange nicht gesehen? Guten Tag, Nele", begrüßte sie der ältere Mann.

Sie ließen sich am Tisch nieder, die Bedienung kam und sie bestellte sich beim Kellner einen Cappuccino.

Das Gespräch zwischen Chris und seinem Vater begann mit Belanglosigkeiten, Freundlichkeiten und herantasten, wie zwei Katzen, die um den heißen Brei schlichen.

Sie sagte kein Wort und beobachtete nur stumm, wie er auf die Fragen seines Sohnes reagierte.

Noch waren es private Fragen und sie saß ja daneben, da konnte der ältere Mann wohl auch nicht so offen reden.

Alles klang aber sehr schlüssig und gut.

Entweder hatte er seinen Text auswendig gelernt, oder er war wirklich einfach nur ein freundlicher Mann mittleren Alters.

Dann kam der Moment, in dem Chris die erste Frage von ihr in das Gespräch einfließen ließ: „In der letzten Zeit habe ich das Gefühl, als würde ich verfolgt!"

Kurz zuckte es im Gesicht des Mannes, als er antwortete, dass sich Chris dabei wohl täuschen musste.

Sie hatte die Lüge erkannt und wusste jetzt, wie er dabei reagierte.

Ein paar Sätze weiter kam Chris zu dem Thema zurück: „Ich denke auch, dass meine Pechsträhne nicht wirklich Pech ist. Da hat es jemand auf mich abgesehen. Der Wasserschaden, die seltsamen Unfälle und die fliegende Mülltonne, dann noch der Überfall auf mich und Nele am Freitagabend. Bedroht dich eventuell jemand? Du als Politiker hast doch bestimmt viele Feinde oder Neider?"

Erneut zuckten die Mundwinkel verdächtig, dann blickte er sich um und sagte leise: „Das könnte durchaus sein, aber ich weiß nicht, wer es sein könnte!"

Diese Antwort war korrekt, denn in seinen Augen war keine Lüge zu bemerken.

Er wusste es also wirklich nicht!

Jetzt übernahm sie und fragte: „Ich habe in der Zeitung gesehen, dass sie eine Miniatur dieser Statue auf ihrem Schreibtisch stehen haben. Ist das nicht zu gewagt, für einen Politiker, den Teufel bei der täglichen Arbeit immer bei sich zu haben?“

Der Mann schmunzelte und setzte ihr entgegen: „Irgendwie schon, aber ich habe sie damals von einem Schulfreund geschenkt bekommen. Es ist eine Erinnerung für mich, nichts sonst!“

31. Kapitel

Auf den Spuren des Teufels

Nele neben ihm hatte jetzt das Gespräch komplett an sich gerissen, aber es war ja auch nur zu verständlich, dass sie wissen wollte, wer sie bedrohte.

Das Seltsame daran war, dass er selbst keine Angst davor hatte. Und das, wo es doch eigentlich nur ihn betraf und nicht sie. Darin zeigte sich viel deutlicher, was ihr an ihm lag, als hätte sie es an alle Häuser der Stadt gesprüht.

Wen man liebt, den will man eben vor Schaden bewahren.

Im umgedrehten Falle würde er sich wohl sofort vor sie werfen.

Gerade schoss sie sich aber auf die Statue des Teufels ein, die ihnen quasi soeben über die Schulter schaute. Er würde sie bremsen müssen, bevor sie sich komplett verrannte.

„Du, Nele, diese kleinen Figuren findest du in jedem Souvenirshop der Stadt zu hunderten. Das ist mit eines der berühmtesten Wahrzeichen hier", erklärte er ihr.

„Natürlich weiß ich das", antwortete sie und drehte sich halb über die Schulter zu der Bronzefigur um. Dann setzte sie fort: „Erinnerst du dich, welches Buch ich beim ersten Mal in deiner Wohnung in der Hand hatte?“

„Ja, Goethes Faust!“

„Eben. Das war ein Zeichen!“, beharrte sie auf ihrer Meinung.

„Na, wenn du meinst“, erwiderte er und blickte seinen Vater an.

„Die kleine Skulptur hat mir Klaus im Studium geschenkt. Er hatte mir großzügig mit einem Darlehn seines Vaters ausgeholfen, als ich mit meiner Miete für unsere WG nicht klarkam. Ich habe ihm danach allerdings jeden Pfennig davon zurückgezahlt“, seufzte der Vater, der wohl auch schon von den ständigen Fragen genervt war.

„Wie hieß der Freund mit Nachnamen?“, legte Nele nach.

„Klaus Mayerling“, antwortete der Vater.

Nele lehnte sich zurück, zog ihr Handy und versank in ihrer eigenen Welt.

„Willst du noch einen Kaffee?“, fragte der Vater ihn und winkte den Kellner zum Tisch.

Sie ließen sich den Kaffee schmecken und auch ein Stück Obsttorte bestellten sie noch.

Nele war in der Zwischenzeit überhaupt nicht zu erreichen. Einer der Kellner ließ zwei Tische weiter einen Teller fallen und alle Anwesenden zuckten erschrocken zusammen, Nele hingegen störte sich nicht an dem lauten Geräusch. Es hätte wohl einer Kanone bedurft, um sie ins hier und jetzt zurückzurufen.

Die nächste Runde Kaffee kam und sie schwatzten weiter. Es war, als hätte es die letzten Jahre nicht gegeben.

Er lud sie noch beide in sein Haus ein, als Nele plötzlich ausrief: „Aha!“

Es war beinahe lauter, als der Teller zuvor.

„Hast du was gefunden?“, fragte er sie.

„Es war etwas kompliziert, denn dieser Klaus hat zweimal geheiratet und dabei die jeweiligen Namen seiner Frau angenommen. Das hat mich stutzig gemacht, denn das tut man nicht ohne Grund!“

„Vielleicht ist Liebe der Grund! Ich würde auch deinen Namen annehmen“, entgegnete er ihr.

Nele winkte nur ab, sagte: „Ist er das?“, und drehte dem Vater das Handy zu.

„Es ist zwar schon ewig her, aber das könnte er sein“, gab der Vater zu.

Nele nickte, nahm das Handy zu sich und holte ein anderes Bild auf das Display.

„Ihm gehören jetzt drei der größten Baufirmen der Stadt und er ist an zwei weiteren im Stillen beteiligt!“, stieß sie triumphierend aus und zeigte ihnen beiden das Bild von einer Grundsteinlegung vor ein paar Jahren.

„Er würde bei ihrer Wahl am meisten verlieren. Erinnern sie sich an ihr Wahlprogramm? Die seltsamen Unfälle begannen zwei Tage nach ihrer Rede!“

„Aber ich schulde ihm nichts", erwiderte Vater.

„Sie haben zwar bezahlt", begann Nele.

„Bitte nenne mich Mathias, du gehörst doch jetzt zur Familie", unterbrach er sie sofort.

„Ok, wenn das für dich in Ordnung ist. Also noch einmal: Du hast zwar jeden Cent zurückbezahlt, aber in solchen Kreisen besteht man darauf, dass ein Gefallen auch noch anderweitig abgegolten werden muss. Eventuell dadurch, dass du die Augen weiter vor der Korruption verschließt und das Wahlprogramm etwas entschärfst. Er will dich sicherlich zuvor mit Chris weichkochen, bevor er an dich tritt. Anders macht das alles keinen Sinn!", erzählte Nele ihre Überlegungen weiter.

Vater rieb sich am Kinn, wie er es schon damals beim Nachdenken immer gemacht hatte, als er noch bei ihnen wohnte.

„Da werde ich wohl mal nachbohren. Danke für deinen Tipp", erklärte er schließlich und verabschiedete sich danach ziemlich schnell.

„Wie hast du nur diese Spur gefunden?", fragte er sie.

„Klaus hat den Fehler gemacht, seine erste Hochzeitsanzeige in eine Zeitung zu setzen. Der Rest war einfach nur kombinieren!", erklärte sie und schob sich ihr Handy in die Tasche.

„Und weißt du, wie seine Firma heißt?", erkundigte sie sich weiter.

Er schüttelte den Kopf.

„Devils Construction & Co GmbH", erklärte sie triumphierend und zeigte auf die Bronzefigur hinter sich.

„Hut ab, Miss Holmes!", gab er ihr zurück.

„Ich denke mal, vor Klaus und seinen Schergen haben wir schon bald unsere Ruhe! Bleibst du aber bitte trotzdem die nächste Nacht bei mir? Die letzte war schon so einsam und lang für mich alleine in meinem breiten Bett", flüsterte sie ihm zu.

„Ich muss morgen früh auf die Arbeit", entgegnete er.

„Nimm doch Sachen mit. Da fährt morgen früh bestimmt ein Bus", säuselte sie verführerisch und er war sofort bereit, ihrem Wunsch nachzugeben.

„Und die Verlobung will ich auch noch gebührend feiern", setzte sie noch nach und säuselte ihm dann leise ins Ohr: „Ich kenne da ein paar Praktiken der Geishas. Bisher nur theoretisch, aber mit dir würde ich gern mal probieren, ob die wirklich so schön sind!"

Das klang sehr verlockend und wenn er nicht zuvor schon eingewilligt hätte, so wäre es sicherlich jetzt um ihn geschehen, denn Neles Gesicht versprach gerade Wonne pur.

Schlendernd liefen sie durch den sonntäglichen Menschentrubel zurück, er holte flugs seine

Kleidung aus der Wohnung und danach ging er mit ihr Hand in Hand zum Bus.

Jetzt hatten sie nur noch Augen füreinander, jede Gefahr war fern.

Schließlich fuhren sie wieder zurück in die Vorstadt.

Abermals in ihrem Hause angekommen, fragte er: „Wer wohnt denn da oben?“

Zwar wollte er eigentlich schnell mit ihr im Schlafzimmer verschwinden, aber zuvor wollte er noch wissen, ob sie wirklich ungestört sein würden. Es wäre zu schade, wenn da zufällig jemand unfreiwilliger Ohrenzeuge werden würde von dem, was er in den nächsten Minuten unbeobachtet beabsichtigte zu tun.

„Früher wir. Seit dem Unfall habe ich das Obergeschoss nur ein einziges Mal betreten. Das fühlt sich noch immer seltsam da oben an.“

„Wovor fürchtest du dich? Du hast gerade über den Teufel recherchiert. Oder bist du etwa ein Hasenfuß?“, hänselte er sie.

Schmollend antwortete sie: „Gar nicht. Ich habe keine Angst! Vor nichts!“

„Na dann, lass uns nach oben gehen“, forderte er sie auf.

Langsam und zögerlich stieg sie vor ihm die Treppe hinauf.

Nele musste sich der Vergangenheit stellen, damit es besser wurde.

Das hatte auch er an diesem Nachmittag lernen müssen und für ihn war es doch auch gut
ausgegangen!

32. Kapitel

Schlimme und schöne Erinnerungen

Was hinderte sie eigentlich daran, diese Treppe nach oben zu steigen? Diese unbewusste Angst in ihr? Die musste jetzt aber endlich weichen.

Hatten die Torwächter dieses Kapitel nicht schon hinter ihr getrennt?

Seit fast einer Woche lebte sie in dem Haus und nur ein einziges Mal war sie da oben gewesen und auch nur kurz, als sie den Teddy geholt hatte.

Jetzt stieg sie an Chris' Hand langsam eine Treppenstufe nach der anderen hinauf.

Zwanzig Schritte aufwärts, die ihr so unendlich lang erschienen.

War es eine Art von Himmelsleiter?

Was erwartete sie am oberen Ende davon?

Erlösung vom Schmerz? Oder neuer Kummer, den sie doch schon hinter sich wähnte?

Jedenfalls war Chris bei ihr und mit ihm zusammen konnte ihr nichts mehr geschehen. Sie war zwar stark, aber es war dennoch schön, auch mal kurz eine Schulter zum Anlehnen zu haben. Jemanden, der einen auffing, wenn man zauderte.

Endlich war sie oben und begann ihre Erklärung: „Das war das Zimmer meiner Eltern.“

Sie schob die Tür auf, das Bett war nicht bezogen, aber sonst war es eigentlich ein herrliches Zimmer. Viel schöner als der Raum, den sie momentan unten bewohnte.

Die großen Fenster gestatteten den Blick in den Garten hinaus und auf ein Feld, auf dem gerade der Raps zu blühen begann.

Die weite goldgelbe Fläche strahlte eine solche Wärme aus, dass sie einem das Herz öffnen konnte und dennoch war da diese Beklemmung in ihr, denn diesen Raum hatten ihre Eltern damals mit ihr verlassen und waren nie wieder hierher zurückgekehrt.

Christ trat in das Zimmer und ging zum Fenster.

„Da unten hängt noch eine Schaukel am Baum", bemerkte er.

„Ja, das war meine", antwortete sie und folgte ihm zögerlich.

Der Blick hinaus war wirklich fabelhaft.

Schließlich gingen sie wieder hinaus und sie setzten die Führung durch die obere Etage fort.

„Das ist der Abstellraum, unser Wohnzimmer, das Badezimmer meiner Eltern und hier vorn war mal mein Reich", erklärte sie und trat an die noch mit bunten Bildern geschmückte Zimmertür.

In großen farbigen Buchstaben stand NELE an der Tür.

Langsam drückte sie die Klinke und das etwas knarrende Holzblatt gab den Blick frei.

„Du hattest wirklich ein sehr schönes Kinderzimmer“, bemerkte Chris und betrat den Raum.

Sie blieb am Eingang stehen und sah ihm zu.

„Das könnte auch für eines unserer Kinder ein wundervolles Zimmer werden“, erzählte Chris vom Bett aus.

„Ich muss erst einmal den Schmerz überwinden, bevor ich an Kinder denken kann“, flüsterte Nele zurück.

Chris hatte es offenbar nicht gehört, denn er setzte seinen Gang durch diese Stube fort.

Er dachte schon über Kinder nach, aber das war wohl selbstverständlich.

Sie wunderte sich nur, wie schnell es gegangen war. Kaum eine Woche kannten sie sich, am Vormittag hatten sie sich verlobt und jetzt folgte schon die Familienplanung.

Aber alles fühlte sich so stimmig an.

„Weißt du Chris, ich habe das Gefühl, dich schon ewig zu kennen. Ich möchte gern den Rest meines Lebens mit dir verbringen, egal wie lang das auch immer sein mag“, erklärte sie.

Chris nickte und entgegnete: „Mir geht es auch so!“

Erneut schaute er sich in dem Raum um und dabei fiel sein Blick auf die Fotos von ihr, die auf einem Sideboard noch von der Mutter aufgestellt worden waren: Kinderfotos im Garten, mit der Zuckertüte und bei Familienausflügen.

„Oh! Mein! Gott!", seufzte Chris plötzlich, nahm eines der Bilder in die Hand und dreht sich halb zu ihr um.

„Weißt du Nele, als Kind war ich immer ziemlich schüchtern", begann er und blickte auf das Kinderbild von ihr herab. Dann setzte er fort: „Da gab es so ein Mädchen in meiner Schule. Ich war hoffnungslos verknallt und habe mich nie getraut, sie anzusprechen. Immer wieder war ich kurz davor, es endlich zu tun, um sie zu fragen, ob sie meine Freundin sein wolle. Dann habe ich eines Tages all meinen Mut zusammengenommen und wollte sie fragen, doch sie war verschwunden. Keiner wusste, wohin sie gegangen war und ich habe sie nie wieder gesehen."

Chris schluchzte und kämpfte mit den Tränen, dann sagte er: „Bis heute!", dabei drehte er das Foto um, das kurz vor ihrem zwölften Geburtstag aufgenommen worden war.

„Ich kenne dich schon mein ganzes Leben lang!", erklärte er und trat auf sie zu.

Ohne das Bild loszulassen, umarmte er sie und zog sie fest an seine Brust.

„Was wäre nur gewesen, wenn du dich einen Tag eher getraut hättest?", stöhnte sie auf.

Vielleicht hätte sie dann mit Chris ihren Geburtstag gefeiert, die Fahrt zum Zoo wäre verschoben worden und ihr ganzes Leben hätte eine völlig andere Wendung genommen.

Oder eben auch nicht, denn das Schicksal hatte sie wieder zusammengebracht.

Was werden sollte, das konnte wohl keiner verhindern, nur verzögern.

„Du warst in der Klasse über mir. Oder?", fragte sie ihn.

Chris nickte.

Jetzt versuchte sie sich an ihn zu erinnern. Mitunter hatte sie damals in der Schule wirklich in den Pausen das Gefühl gehabt, dass sie jemand aufmerksam beobachtete.

„Lass uns so schnell wie nur möglich den Termin für die Trauung klarmachen. Vielleicht sollten wir schon morgen aufs Standesamt?", erklärte Chris.

„Und deine Arbeit?", erkundigte sie sich bei ihm.

„Du bist mir viel wichtiger. Die ganze Arbeit dort macht mir schon lange keinen Spaß mehr. Ich wollte mich sowieso mit dem selbständig machen, was ich kann!"

„Dann lass uns das unbedingt in Angriff nehmen. Ich informiere noch meine Tante", rief Nele aus und blickte auf die Uhr. „Das mache ich aber morgen, da ist es jetzt sieben Stunden später! Jetzt will ich erst mal diese Nacht mit dir genießen", setzte sie hinzu.

„Ich habe gesehen, dass im Bad deiner Eltern eine riesengroße Wanne steht. Soll ich dir da ein schönes Schaumbad einlassen? Wir könnten da sicher auch zu zweit rein?“, erwiderte er.

Einen Moment zögerte sie, dann nickte sie und Chris gab ihr einen Kuss.

Er stellte das Bild zurück und eilte aus dem Raum.

Alleine blieb sie zurück und sah ihm nach.

Jetzt hatte sie einen Moment, um mit der alten Nele abzuschließen.

Oder den Faden wieder aufzunehmen.

„Ich streiche jetzt die zwölf Jahre und setzte einfach dort fort, wo das ganze Drama damals begonnen hat. Ich stelle mir einfach vor, dass mich Chris erst gestern auf dem Schulhof angesprochen hat!“, erklärte sie, schloss die Augen und zähle bis zehn.

Mit jeder Zahl wich der Schmerz ein Stück mehr und als sie bei der letzten Ziffer angekommen war, öffnete sie die Augen wieder.

Sie war frei!

Nele folgte Chris, der gerade das duftende Schaumbad in das Wasser goss.

Das war ein Duft von damals und er versöhnte sie mit all dem, was geschehen war.

Gegenseitig halfen sie sich rasch aus der Kleidung, setzten sich in das warme Wasser und genossen einfach den wundervollen Augenblick, bevor das Streicheln dann dazu führte, dass sie das Bad irgendwie unter Wasser setzten.

Vermutlich musste jetzt erst mal alles raus und sie liebten sich ziemlich ekstatisch.

Und irgendwoher zauberte Chris dann zum Schluss zum Entspannen auch noch roten Wein und ein paar Kerzen.

Im Kerzenschein lag sie im warmen Wasser in seinen Armen, spürte den Wellen in sich nach und diese ganze Situation war wirklich romantisch, mit heißen Küssen, gegenseitigen zärtlichen Streicheleinheiten und einem ausgesprochen leckeren Wein.

Und selbstverständlich führte das alles zu einer stürmischen Nacht, in der sie sich leidenschaftlich liebten.

33. Kapitel

Wenn es Liebe ist!

Chris erwachte und schaute in Neles schlafendes Gesicht. Sie lag neben ihm, draußen zwitscherte ein Vogel und die Sonne ging gerade auf.

Es war Mittwoch und er dachte daran, dass sie sich genau eine Woche zuvor abends getroffen hatten, und das sogar wortwörtlich.

Was war das für eine Woche gewesen!

Am Mittwoch das erste Treffen, am Freitag der erste richtige Kuss, Samstag in der Nacht der erste Sex, am Sonntag hatte er sich mit ihr verlobt, am Montag das Aufgebot beim Standesamt bestellen und am Tage zuvor seinen ungeliebten Job gekündigt.

Alles in nur sieben Tagen!

Das war zwar ziemlich schnell, aber wenn es die richtige Entscheidung war, dann war das immer noch viel zu langsam.

Früher hatte er mal gehört, dass es so etwas wie Liebe auf den ersten Blick gab, aber bei ihnen war es wohl Liebe auf den ersten Kaffee gewesen, den er ihr versehentlich über ihr Top geschüttet hatte.

Alles fühlte sich richtig an und er konnte sein Glück gerade immer noch nicht fassen, aber es war keiner da, der ihn hätte kneifen können, um zu prüfen, ob er das alles eventuell nur träumte.

Doch wenn das wirklich nur ein Traum war, dann wollte er niemals daraus erwachen!

Im Schlaf räkelte sich Nele und ein Sonnenstrahl traf durch das Fenster auf ihren Kopf. Es sah so aus, als ob sie einen Heiligenschein bekommen würde und im gewissen Sinne war sie ja auch ein Engel: sein Schutzengel.

Durch den Anschlag auf ihn und die Idee des Vaters, ihn beschützen zu lassen, waren sie zusammengekommen und es war so eingetreten, wie es wohl schon scit langem vermutlich für sie beide vorgesehen war.

Jetzt konnte er zwölf Jahre aus seinem Leben streichen, und Nele auch aus ihrem.

Hier in der Stadt hatte alles für sie beide neu begonnen, aber eines hatte er noch für sie vorbereitet, was sie sicherlich aus den Schuhen werfen würde.

Allerdings musste er sie dafür in den nächsten zehn Minuten wecken.

Zu gern hätte er weiter dieses liebevolle Gesicht betrachtet, aber es zog ihn hinaus.

Leise schlich er davon, ging in die Küche und machte Kaffee für sie beide.

„Chris? Wo bist du?", hörte er ihre verschlafene Stimme aus dem Schlafzimmer.

Mit den beiden Tassen in der Hand ging er wieder zurück und setzte sich auf die Bettkante.

„Guten Morgen, mein Liebling. Dieses Mal gebe ich dir den Kaffee und schütte ihn nicht wieder über dich“, äußerte er, beugte sich zu ihr vor und bekam einen Kuss, bevor sie ihm die Tasse abnahm und sich im Bett aufsetzte.

„Ich habe eine Überraschung für dich, aber dafür müssen wir uns beeilen!“

„Eine Überraschung? Hoffentlich was Schönes, wenn du mich so früh am Morgen dafür schon verlässt“, entgegnete sie und nippte an der Tasse.

„Wollen wir nicht lieber den ganzen Tag im Bett bleiben?“, säuselte sie verführerisch.

Sie benutzte jetzt diesen hinreißenden Augenaufschlag, der ihn wohl sonst sofort dazu verleitet hätte, den Plan, und das Handtuch um seine Hüften, fallen zu lassen, doch dieses Mal durfte er sich leider nicht darauf einlassen!

„Ich gehe schon mal ins Bad!“, erklärte er und gab ihr einen Kuss.

Nele versuchte, ihn zu halten, doch er entwand sich ihr und sah dabei ihren schmollenden Gesichtsausdruck, doch er wusste auch, dass sie diese Überraschung sicherlich lieben würde.

„Warte, ich komme mit“, stieß sie jetzt aus und sprang aus dem Bett, um ihn zu verfolgen, um dadurch doch noch ihren Willen zu bekommen, aber er musste ihr zuvor kommen.

Wenn sie wieder zu zweit unter die Dusche gingen, dann würden sie da sicherlich die nächste halbe Stunde auch nicht wieder herauskommen, denn er kannte Neles Mienenspiel und wusste, was sie augenblicklich vorhatte.

Schnell war er im Badezimmer und hatte die Tür vor ihr von innen verriegelt. Es tat ihm zwar in der Seele leid, aber es musste sein!

„Ach, Menno", hörte er Nele durch die geschlossene Tür maulen.

Er beeilte sich unter der Dusche, öffnete die Tür und ließ sie in das Zimmer.

Geschwind entwand er sich dabei abermals ihrem Zugriff, der wohl aber auch nur halbherzig war, denn wenn Nele es gewollt hätte, dann hätte sie ihn auch so aufs Kreuz gelegt.

Offenbar war sie jetzt darauf gespannt, was dieser Tag ihr schönes brachte.

Er hatte sich für diesen Wochentag extra ein Auto gemietet, das seit dem Abend zuvor heimlich auf dem Gelände der Nachbarin versteckt war.

Schließlich war auch Nele gewaschen und angezogen, als er mit ihr an der Hand das Haus verließ und sie zu dem Parkplatz führte.

Er hielt ihr die Wagentür auf, sie setzten sich und er fuhr los.

„Irgendwie habe ich gerade so ein Déjà-vu!", offenbarte Nele vom Beifahrersitz aus.

Er fuhr betont vorsichtig in die Stadt hinein und schlängelte sich durch die Straßen, bis er einen Parkplatz gefunden hatte und danach mit ihr an der Hand weiterging.

Er hatte absichtlich diesen etwas umständlichen Weg gewählt, denn Nele sollte ja nicht zu früh erfahren, was gleich geschah!

Nur wenige Meter vor seinem Ziel erklärte er ihr: „Jetzt muss ich dir die Augen verbinden!“

Sie zögerte einen Moment, aber da sie auch darauf gespannt war, was wohl das Ziel des Ausfluges war, willigte sie schließlich ein.

Mit einem Seidenschal verband er ihr schnell die Augen und führte sie vorsichtig weiter. Dann klingelte er am Tor und ein Mann öffnete.

Er bedeutete ihm, zu schweigen und reichte ihm den Zettel mit dem Ziel.

Der Mann lächelte, nickte und ließ sie ein.

Jetzt folgten sie zu dritt, mit Nele in der Mitte, dem breiten Weg.

Schließlich betraten sie die Halle und er fragte sie: „Bereit?“

„Ja, mach schon!“, gab sie ihm aufgeregt zurück.

Genau in dem Moment, wo er den Schal löste, ließ der große Elefant sein lautes tröten hören.

Nele zuckte für einen Augenblick erschrocken zusammen, bevor sie begriff, wo sie sich befand.

Sie waren im Elefantenhaus des Zoos!

„Oh, mein Gott! Das ist so lieb von dir“, schluchze sie und fiel ihm mit Tränen in den Augen um den Hals.

„Du darfst sie auch streicheln und schönen Gruß von Erwin", erklärte jetzt der Tierpfleger.

„Wirklich?", fragte Nele zurück.

Der Mann nickte nur und jetzt kam auch noch der kleine Elefant gelaufen.

Der tollpatschige Rüsselträger hätte Nele fast umgeworfen, als er auf sie zukam.

Nele lachte und legte ihren Kopf gegen den Hals des winzigen Dickhäuters.

Das Glück war deutlich in ihren Augen zu sehen.

Und er fühlte sich ebenfalls einfach nur glücklich.

34. Kapitel

Mit dem Lauf der Sonne

Der Monat Mai näherte sich seinem Ende, der Möbelwagen hielt in der kleinen Seitenstraße der Vorstadt und Nele trat vor die Haustür.

Gemeinsam mit Chris hatte sie beschlossen, dass er zu ihr zog und damit seine Wohnung in der Innenstadt aufgab, er würde sich selbständig machen und sie hatte eine Stelle in der Kinderkrippe zwei Straßen weiter in Aussicht gestellt bekommen.

Ihre Ausbildung war anerkannt worden und sie würde nur für ein paar Wochen dort in einem Praktikum sozusagen zur Probe arbeiten, bevor sie die Anstellung bekam.

Durch den Verkauf seiner Eigentumswohnung und der Summe aus der Lebensversicherung ihrer Eltern befand sich gerade der unglaubliche Betrag von fast einer halben Million Euro auf ihrem Konto.

Das reichte ganz sicher zur Überbrückung, bis Chris mit seiner Selbstständigkeit Geld verdienen konnte.

Durch seinen alten Job hatte er genügend Kontakte und auch schon Aufträge in Aussicht gestellt bekommen.

Mit dem Besuch im Elefantenhaus hatte sie endgültig mit der Vergangenheit abgeschlossen und seitdem wohnten sie bereits in der oberen Etage.

Die untere würde jetzt zu ein paar Arbeitszimmern umgebaut werden, von denen Chris dann täglich seine Aufträge abarbeiten konnte.

Am vergangenen Samstag hatten sie alle Möbel von unten nach oben geräumt, wobei ihnen Mathias und alle Nachbarn tatkräftig geholfen hatten.

Der Abend danach in dem kleinen Garten mit Grill und Musik war dann wie ein Fest für die gesamte Nachbarschaft gewesen. So ähnlich hatte sie es auch aus ihrer Kindheit in der Erinnerung gehabt, denn der Vater hatte das früher ebenfalls oft so gemacht!

Schön war es gewesen und sie dachte gerade versonnen daran, dass auch ihre zukünftige Chefin in derselben Straße wohnte und ebenfalls zu Besuch gewesen war.

Soeben sprang ihr Geliebter lächelnd aus dem Transporter und kam mit offenen Armen auf sie zu.

Ihr Glück war jetzt perfekt und sie genoss jeden Tag, den sie mit Chris zusammen sein konnte.

Am Tage zuvor war ein Päckchen aus Japan von ihrem Onkel angekommen, in dem sich zwei steinerne Torwächter befunden hatten, die denen glichen, die in ihrem Bergdorf auch vor dem Shinto Schrein standen.

Die beiden Figuren hatten ihren Platz links und rechts von ihr gefunden und bewachten momentan den Hauseingang.

Sie hatte den beiden Göttern viel zu verdanken und würde nicht eine Minute ihres Lebens von jetzt an noch ungenutzt verstreichen lassen.

Wer konnte schon wissen, was am nächsten Morgen war?

Eine Sekunde hatte damals gereicht, um ihr Leben fast zu zerstören, eine Woche dann viel später, damit sie das Glück fand. Und das hielt sie jetzt ganz fest.

Dass am folgenden Wochenende die standesamtliche Trauung war, hatte sich selbstverständlich auch schon irgendwie überall herumgesprochen. Die Nachbarn planten offenbar insgeheim den Polterabend, allerdings nicht heimlich genug für eine ausgebildete Kunoichi.

Das Tuscheln war viel zu auffällig und somit würde am folgenden Wochenende auch schon wieder eine Nachbarschaftsfeier folgen.

Romy hatte sie beim Kauf des Brautkleides beraten, obwohl es das in ihrem Geschäft gar nicht gab, aber die junge Frau war äußerst geschickt und hätte auch als Designerin arbeiten können.

Und da Mathias mit seinem ehemaligen Freund geredet hatte, war auch jegliche Gefahr von ihnen abgewendet.

Klaus hatte ziemlich schnell eingesehen, dass er sich verrannt hatte und wie das nun mal in diesem Gewerbe war, verschwand der Spuk schnell, wenn man ihn erst einmal enttarnt und ans Licht gezogen hatte.

Doch jetzt begann erst einmal das Schleppen der Möbel.

Chris und zwei Möbelträger trugen die großen Teile in das Haus und sie folgte ihnen mit den leichteren Gegenständen.

Vor allem die vielen Bücher wollten ein neues Zuhause finden.

❧ ❧

Völlig erschöpft ließ sie sich am Ende des Tages im Garten auf ihrer Schaukel nieder.

Mit dem Blick in die untergehende Sonne dachte sie daran, dass das ein Platz ihrer Kindheit gewesen war.

Chris hatte die Seile daran erst in der vergangenen Woche ausgetauscht und jetzt konnte man sie bedenkenlos wieder benutzen.

So oft hatte sie hier in der Abenddämmerung geschaukelt, bis die Mutter sie gelegentlich regelrecht in das Haus ziehen musste. Es war bestimmt auch ein guter Platz für ihre eigenen Kinder, die sie hoffentlich in nicht allzu ferner Zukunft genauso liebevoll umsorgen konnte, wie es die Mutter mit ihr einst gemacht hatte.

Schon bald endete ein weiterer Lebensabschnitt und ein neuer begann: Sie würde in ein paar Tagen nicht mehr die ledige Frau sein, sondern Chris' Ehefrau. Das fühlte sich auch sehr gut an.

Chris erschien mit zwei Gläsern Wein im Garten und setzte sich zu ihr.

Schweigend sahen sie der Sonne zu, stießen an und feierten auch diesen Tag.

Jahrelang hatte sie gelernt, zu kämpfen, aber jetzt kam eine Zeit, in der sie das nicht mehr wollte, sondern einfach nur den Moment genießen würde.

Mit Chris in ihrem Arm.

Und alles würde gut sein.

ENDE

Von Uwe Goeritz im Verlag BoD (Books on Demand, Norderstedt) ebenfalls erschienene Bücher:

„Cecilia im Bann der Liebe"
Die ISBN lautet: 978-3-7392-4583-6
112 Seiten

„Für Immer an deiner Seite"
Die ISBN lautet: 978-3-7412-8407-6
112 Seiten

„Die Liebe ist (k)ein Ponyhof"
Die ISBN lautet: 978-3-7412-7920-1
116 Seiten

„Griechische Küsse"
Die ISBN lautet: 978-3-7448-7274-4
116 Seiten

„Liebe hinter Klostermauern"
Die ISBN lautet: 978-3-7448-8973-5
120 Seiten

„Ein Pflaster für die Seele"
Die ISBN lautet: 978-3-7460-7947-9
112 Seiten

„Das Tor zum Paradies"
Die ISBN lautet: 978-3-7528-5837-2
124 Seiten

„Ein Kater rettet das Weihnachtsfest"
Die ISBN lautet: 978-3-7481-2863-2
236 Seiten

„Aurelia - Geliebter Engel"
Die ISBN lautet: 978-3-7494-5128-9
244 Seiten

„Sieben Nächte im Paradies"
    Die ISBN lautet: 978-3-7347-6647-3
    244 Seiten

„Drei verrückte Weihnachtswünsche"
    Die ISBN lautet: 978-3-7494-8575-8
    172 Seiten

„Ein besonderes Praktikum"
    Die ISBN lautet: 978-3-7528-4866-3
    248 Seiten

„Aurelia – In himmlischer Mission"
    Die ISBN lautet: 978-3-7519-1416-1
    244 Seiten

„Groupies tragen keine Ringelsöckchen"
    Die ISBN lautet: 978-3-7519-8353-2
    136 Seiten

„Heiße Küsse im Advent"
    Die ISBN lautet: 978-3-7526-1175-5
    264 Seiten

„Aurelia - Liebe in teuflischen Tiefen"
    Die ISBN lautet: 978-3-7526-4538-5
    260 Seiten

„Auf der Suche nach Mister Romeo"
    Die ISBN lautet: 978-3-7534-9226-1
    160 Seiten

„Ein Winterurlaub der Sinne"
    Die ISBN lautet: 978-3-7543-7451-1
    252 Seiten

„Aurelia - Im Kampf auf Liebe und Tod"
    Die ISBN lautet: 978-3-7557-6151-8
    272 Seiten

„Eine Nixe zum Abendessen"
    Die ISBN lautet: 978-3-7557-1044-8
    252 Seiten

„Weihnachten auf Schloss Wolfenfels"
    Die ISBN lautet: 978-3-7568-3661-1
    260 Seiten

„Liebe Undercover"
    Die ISBN lautet: 978-3-7392-1463-4
    248 Seiten

„Traumhafte Weihnachten"
    Die ISBN lautet: 978-3-7578-2962-9
    240 Seiten

Aktuelle Informationen und Neuerscheinungen finden
sie immer im Internet unter:

www.Goeritz-Netz.de